THE ESSENTIAL MAUGHAM COLLECTION

风筝

毛姆短篇小说集

沈樱◎译

时代出版
时代出版传媒股份有限公司
北京时代华文书局

图书在版编目（CIP）数据

风筝：毛姆短篇小说集 /（英）毛姆著；沈樱译．—北京：北京时代华文书局，2016.5

ISBN 978-7-5699-0887-9

Ⅰ.①风…　Ⅱ.①毛…　②沈…　Ⅲ.①短篇小说－小说集－英国－现代
Ⅳ.①I561.45

中国版本图书馆 CIP 数据核字（2016）第 080608 号

新业文学经典丛书

风筝：毛姆短篇小说集

著　　者 |（英）毛姆
译　　者 | 沈　樱
出 版 人 | 杨红卫
选题策划 | 黎　雨
责任编辑 | 樊艳清　孙　开
装帧设计 | 张子墨
责任印制 | 刘　银
营销推广 | 新业文化

出版发行 | 时代出版传媒股份有限公司 http://www.press-mart.com
北京时代华文书局 http://www.bjsdsj.com.cn
北京市东城区安定门外大街 136 号皇城国际大厦 A 座 8 楼
邮　编：100101　电话：010-64267120　64267397
印　　刷 | 河北信德印刷有限公司　电话：010-69598032
开　　本 | 880mm×1230mm　1/32
印　　张 | 10.25
字　　数 | 218 千字
版　　次 | 2016 年 7 月第 1 版　2024 年 3 月第 2 次印刷
书　　号 | ISBN 978-7-5699-0887-9
定　　价 | 46.00 元

序

毛姆在《书与你》中曾提到：“养成阅读的习惯，使人受益无穷。很少有体育运动项目能适合盛年不再的你，让你不断从中获得满足，而游戏往往又需要我们找寻同伴共同完成，阅读则没有诸如此类的不便。书随时随地可以拿起来读，有要紧事必须立即处理时，又能随时放下，以后再接着读。如今的和乐时代，公共图书馆给予我们的娱乐就是阅读，何况普及本价钱又这么便宜，买一本来读没有什么难的。再者，养成阅读的习惯，就等于为自己筑起一个避难所，生命中任何灾难降临的时候，往书本里一钻，不失为一个好办法。”

古人也说“开卷有益”。但面对浩如烟海的图书，如何选取有益的读本来启迪心智，这就需要有一定的鉴别能力。

对此，叔本华在《论读书》里说：

“……对善于读书的人来说，决不滥读是很重要的。即使是时下享有盛名、大受欢迎的书，如一年内就数版的政治宗教小册子、小说、诗歌等，也切勿贸然拿来就读。要知道，为愚民而写作的人反而常会大受欢迎，不如把宝贵的时间用来专心阅读古今中外出类拔萃的名著，这些书才真正使人开卷有益。

“坏书是灵魂的毒药，读得越少越好，而好书则是多多益善。因为一般人通常只读最新的出版物，而不读各个时代最杰出的作品，所以作家也就拘囿在流行思潮的小范围中，时代也就在自己的泥泞中越陷越深了。”

正如叔本华所言，“不读坏书”，因为人生短促，时间和精力都是有限的。

出版好书，让大家有好书读。基于这样一个目的和愿景，便有了这样一套“国内外大家经典作品丛书”，希望这些“古今中外出类拔萃的名著”，能令大家“开卷有益”。

编　者

目　录

万事通先生

一

在还没见到凯兰达的时候，我就有点不喜欢他。

第一次世界大战刚刚结束，横渡太平洋的航线很是繁忙，客舱便显得十分紧张。我很幸运，居然还能弄到一个双人客舱，不过，当我听到即将和我成为同伴的人的名字时，我开始有些灰心了。“凯兰达”，这个名字让我有一种很不舒服的感觉，就像是被安置在空气窒息不流通的房间里。对，就是这种感觉。只要一想起在这十四天的旅途中

（我从旧金山到横滨），我要和这个凯兰达共处一室，我简直就要疯了。我讨厌他的名字，如果他叫史密斯或者布朗什么的或许能好一点儿。

上了船，我进到客舱，显然凯兰达已经来过了。一只衣箱又大又难看，还有一只贴满了标签的手提箱，它们就平放在他的床下，脸盆架上摆着他的香水、洗发水，以及润发油，一支檀木做的牙刷上镀金印着字，正是他名字的缩写。

我不喜欢凯兰达。

我在吸烟室里，要了一副单人玩的纸牌，刚要开始玩，迎面走来一个人，他向我问好。

“我是凯兰达。”他说完在我面前坐下，他在笑，一排雪白的牙齿很显眼。

“哦，我们好像住在同一个房间。”

“听说你是英国人，这让我很兴奋。在海外遇到自己的同胞，的确是挺让人激动的。”

“你是英国人?”

“当然，我可是一个地地道道的英国人。”他说着便拿出他的护照递给我。

“想喝点什么吗?”他问。

他的问话让我有些疑惑。美国正在实行禁酒令，整艘船上一滴酒都别想找到。凯兰达似乎明白我在想什么，他狡黠地朝我笑了笑。

“威士忌、苏打，还是鸡尾酒，你只消说要哪种就好。”说着，他从后裤袋里摸出两个瓶子，然后摆放在我面前的桌子上。我立刻兴奋起来，向服务员要了两个玻璃杯和一些冰块。

“嗯，真不错。”我说。

“当然，我这里还有好多这样的酒，船上如果还有你的朋友，你尽可以把他们都叫来。”

我没有说什么。

接下来的时间里，他跟我讲起纽约、旧金山，谈到戏剧、绘画和政治。他很健谈，很长的一段时间中都是他一个人在那里滔滔不绝地说着。

我有点厌烦了，重新拿起我的牌。

“你喜欢纸牌魔术吗?”

“不喜欢。”我又开始讨厌他了，连话都不想说。

“让我来给你表演一下吧。”他说着抽出三张牌递给我。不过我并没有理会他，借口说我要去餐厅找个座位。

“哦，好啊，我已经为我们俩订了两个位置，我想我们应该坐在一块儿。”

我真的不喜欢凯兰达。

我们每天住在一个房间不说，要命的是一天三餐他都要和我挤在一张桌子上吃饭。无论我在什么地方，都无法摆脱掉他。如果是在我的家里，我一定会在他面前“砰”的把门关上，如此他大抵也能明白自己有多么不受欢迎吧。

不得不说，凯兰达的交际能力很强，上船后的第三天，他几乎和所有的人都熟络起来。他就像一个全能选手，什么都能干：主持拍卖、筹集体育资金、组织高尔夫球赛、安排音乐会、举办化妆舞会。不过，我个人以为大家对他是有点讨厌的。我们都叫他“万事通”先生，就算在他面前也是这样。他貌似对此并不在乎，甚至还把这当做我们对他的恭维。

二

非常健谈的凯兰达，总是喜欢和别人争论一些问题，尤其是在吃饭的时候。这让我们简直难以忍受，可又没有任何办法使他停下来。他的知识面很广，似乎比谁知道的都多，所以错误发生在他身上的几率很小。在他讲话时，如果有人反对他，他往往会同那个反对他的人争个没完。所以你该明白了，在说服你之前，他绝不会放弃任何一个话题，不管它有多么不值一提。

一天晚上，我们坐在医生的桌子旁，像往常一样，凯兰达照旧滔滔不绝地谈论。当时在场的还有在神户的美国领事馆工作的拉姆齐和他的妻子。

拉姆齐长得很壮实，皮肤绷得紧紧的，略显肥胖的肚子把衣服也撑得紧紧的。这次他是带着妻子重返神户的。此前的一年，他的妻子独自一人住在纽约。

拉姆齐的妻子衣着简朴，模样十分可爱，虽然丈夫的薪资有限，但她知道怎样搭配，可以让自己具有超过一般女人的迷人之处。这是一种端庄、淑静的美。

拉姆齐很是讨厌凯兰达，这一点，我看得出。他们总会因为什么事情争论一番，而这种争论是长时间的、激烈的。

这时，大家谈到了精明的日本人正在进行的人工养殖珍珠这一话题上。关于珍珠的事情凯兰达给我们讲了许多。我也相信拉姆齐对此知道的绝不会比凯兰达多，不过这丝毫不影响他抓住任何一个反驳凯兰达的机会。很自然地，没过多久我们就卷入了一场充满火药味的争吵。一开始，凯兰达还是情绪高涨，滔滔不绝，但不一会儿，他自己也有点厌烦了。最后，被拉姆齐的一句话刺痛了的凯兰达显然是愤怒了，他敲着桌子叫道：

“我可以这么说，在这方面我是最有发言权的。这次去日本我就是去洽谈珍珠生意的。至于我刚才说的那些，我相信只要是懂这一行的人都会了解我说的对与不对。”说到这里他便得意洋洋地看着周围的人，继续说道，“我知道所有珍珠的行情，没有哪一种珍珠逃得出我的眼睛，我能准确地说出它的价值。”然后他指着拉姆齐夫人戴的项链，说，“夫人，你的这串珍珠项链就非常值钱，并且它的升值空间还很大。”

听完这话，拉姆齐夫人的脸红了，她把那串项链轻轻塞进衣服里。

“你说这是天然珍珠吗？”听拉姆齐的语气，好像他已经抓住了凯兰达的什么把柄似的。

“是的，这种珍珠非常精致。”凯兰达说。

“好。这珍珠不是我买的，不过我很想知道，你认为它值多少钱?”

“如果是一般的市场大概要一万五千美元，但在美国最繁华的第五街，一万三千美元就可以了。”

拉姆齐冷笑起来，嘲讽道：“这是我夫人离开纽约时在一家百货商店里买的，只用了十八美元。”

凯兰达的脸瞬间涨得通红。“简直胡说，这珍珠不但是真的，而且是我所知道的品种中最好的一种。”

“那么你敢打赌吗？我现在要用一百美元和你赌，赌这条项链是仿制品。”拉姆齐觉得自己有十足的把握。

“当然可以。”

“不，拉姆齐，你怎么能拿这样一件事实和人打赌呢?”拉姆齐夫人劝阻道。

“为什么不能呢？放弃这样一个能轻易弄到钱的机会，只有傻瓜才会做。”

“可是你也不能证明它是仿制品呀?”

“夫人，您可以拿给我看一看，我知道它的真假。”凯兰达说。

“亲爱的，快点儿把它拿给这位先生看看。”

拉姆齐夫人看上去很犹豫，她的两手紧握在一起，好像有什么顾虑。

拉姆齐显然是等得不耐烦了，他走过去亲手把夫人的项链解了下来，递给了凯兰达。

我预感到一件不幸的事将要发生了。

凯兰达先是拿出一个放大镜，仔细地观察起那条项链来。顷刻工夫，他的脸上便闪现出一丝胜利的微笑。他把项链递给拉姆齐，正准备开口说些什么话时，他忽然看见拉姆齐夫人那张苍白的脸，那脸白得好像马上就会晕过去的样子。她的眼睛就那么直直地看着凯兰达，那是一种绝望的哀求。我很奇怪，拉姆齐却没有看到这些。

凯兰达愣在那里，半张着嘴，半天都没有说出一句话。我看得出他在努力改变着什么。

“我错了，”许久之后他说，“这条项链仿制得特别成功，十八美元太值了。”

说完，他从钱包里拿出一百美元递给拉姆齐。之后，他没有再说一句话。

拉姆齐一脸胜利者的笑，他得意地说：“这样你以后就不会太狂妄了。”

目睹了这样的转变，我有留意到凯兰达，此刻他的手在发抖。

很快，这件事便传开了，全船的人都知道了，凯兰达不得不忍受着别人的戏弄和嘲笑。对“万事通”先生来说，这确实是耻辱。但是，之后拉姆齐夫人再也没有出来过，听说她有点头痛。

三

第二天一早，我正在刮脸，凯兰达躺在床上抽雪茄。忽然一阵嘟嘟嘟嘟的声音响起，一封信从门下的缝隙塞了进来。我立马过去打开门，发现外面一个人也没有。我捡起信封，只见上面用印刷字体写着“给凯兰达”。

我把信递给了他，好奇地问：“这是哪里来的?”

他打开信封，发出一声低呼：“哦?”

然后我看到他拿出的不是信，而是一张一百美元的钞票。他抬眼看了我一下，然后迅速地把信封撕成了碎片，并从舱口扔了出去。

“相信我，没有谁愿意被别人看成是一个傻瓜。”他说。

“那珍珠是真的，是吗?”我问道。

“如果我有一个漂亮的妻子，我绝不舍得让她一个人在纽约待一年。”他没有正面回答我，然后拿出钱包，把一百美元放了进去。

这个时候，我惊奇地发现我已经不那么讨厌凯兰达了。

午　餐

再次见到她，是在剧场看戏的时候。她向我招了招手，趁幕间休息时分我便走了过去，在她旁边的位置坐下。距离我们上次见面已经很久了，若不是有人提过她的名字，我可能很难认出她来。

此刻，满面春风的她很熟络地和我闲谈起来：“哦，我们有好多年没见了，时间过得可真快！看看我们，也都早已不再年轻啦。你还记得我们第一次见面的情形吗？那时，你邀请我去吃了一顿午餐呢！”

我怎么可能忘记。

一晃眼，二十年就这么过去了。那时我寄居巴黎，在拉丁区租了一间很小的公寓，透过公寓的窗子，可以俯瞰教堂的墓地。当时，我的收入不太稳定，勉强够维持我的灵魂和躯壳不分家。她读了一本我写的书，还给我写了一封信来谈论这本书，出于礼貌我给她回了信表达我的谢意。

没过多久，她又给我写了第二封信，信中她说她要路经巴黎，想同我见面谈谈；她说由于她的时间有限，只有下星期四才能抽出点空闲来，因为早上她还要去卢森堡公园，便问我愿不愿意在中午的时候请她在福约餐厅吃个便饭。福约是法国议员们经常光顾的一家餐厅。可想而知，以我的经济能力而言根本是不可能去那里就餐的，所以我也从来没有进去的想法。但是她信中的恭维话说得实在是巧妙，我不禁有些飘飘然，再加上那时我还太年轻，还没有学会对一位女士说“不”。（我不妨加一句，应该没有几个男人能够拒绝一个女人，而等到他们学会对女人们说“不”时，他们的年纪大抵是太老了。）我身上还有八十个金法郎可以让我的生活维持到月底。我开始盘算着一顿便餐应该不会超过十五个金法郎。如果之后的半个月我可以控制不喝咖啡的话，还是可以对付过去的。

于是，我给她回了一封信，并和她约好星期四中午十二点半在福约餐厅见面。说实在的，她没有我想象得那样年轻。就她的外表而言，风姿动人这个词根本就用不上，富态魁梧倒是很贴切。而且她的实际年龄已经有四十岁了（这是一个颇能迷惑人的年纪，只是并不能让人一眼看去就可一见钟情或者心往神驰了），她给我的第一个印象是她的牙齿，看上去要比实际需要多了一些，整齐、洁白，也比一般人的要大些。她很健谈，由于她的话题都倾向于谈论与我相关的事，所以我只好洗耳恭听了。

菜单拿上来的时候我着实吓了一跳，餐费比我预想中要贵得多，好在她说的话让我放下心来。

“我中午通常是不吃东西的。”她说。

“哦，可别这么说！”我慷慨大方地回答。

“我最多只吃一道菜。说实在的，我觉得现在人们吃得简直是太多了。也许我可以来点鱼，不知道这里有没有鲑鱼？”

这个时候吃鲑鱼还略嫌早了一点，而且菜单上也没有这道菜。不过出于礼貌，我还是问了一下侍者。没想到还真有，餐厅刚刚进了一条头等鲑鱼，这还是他们餐厅今年第一次进这种货。既然有这道菜，我便为我的客人叫了一份。

侍者很热情，问她在等着烹制鲑鱼的时候是否想吃点别的。

“不，”她回答，“我午餐顶多只吃一道菜。当然，如果你们有鱼子酱的话，我倒不反对吃点鱼子酱。”

我听了，心微微一沉。我很清楚自己吃不起鱼子酱，但我无法对她讲明这点，结果我还是吩咐侍者拿了份鱼子酱。然后，我看着菜单为自己挑了一份价格最便宜的菜——一份羊排。

“我认为吃肉可不是明智的行为，”她说，“我很难想象你在吃完像羊排这类油腻的东西之后怎么再去工作。我可不能叫我的胃负担过重。”

很自然地，饮料问题被扯了进来。

“午饭我从来不喝酒的。”她说。

“我也不喝。”我迫不及待地补了一句。

“当然白葡萄酒除外，”她仿佛没听到我刚才的话继续说，“法国白葡萄酒就很清淡，既美味可口又有助消化。”

“你想喝点什么？”我依然殷勤地问她，但已经没有之前那么迎合她了。

她那一口洁白的牙齿一闪，对我殷勤地笑了笑。“除了香槟以外，我的医生可是绝对禁止我喝其他酒的。”

我能想象得出我的脸当时一定变得有些苍白。我给她叫了半瓶香槟，并用一副漫不经心的语气说，“我的医生不允许我喝香槟。”

“那么，你喝什么饮料？”

“白开水。”

她吃掉鱼子酱又吃掉鲑鱼。她谈笑风生，大谈艺术、文学和音乐。而我呢，却一直琢磨着账单加起来会用掉我多少钱。

当我点的那份羊排端上来时，她用一种非常严肃的语气对我说：“看得出来，你平常应该是中饭吃得太多，我认为这样肯定会影响到你的健康。为什么你不学学我呢，每餐只吃一道菜？我敢肯定这对你会大有好处的。”

“我是准备只吃这一道菜的。”我回答她说。

这时侍者又带着菜单来了。

她手一挥便把侍者打发到了一边去。

“不，不，我是说我午餐从来不吃什么东西，吃也只吃那么一丁点儿。即使吃这一点，也无非是为了谈话助兴，别无其他目的。现在，我真的是再也吃不下什么了，除非能来点大芦笋。说起来，如果不尝尝芦笋的话，这次的巴黎之行可真是太遗憾了。”

听到她这么一说，我的心凉了半截。我曾经在橱窗里见到过芦笋，我的嘴巴也常常因为看到它们而馋涎欲滴，但是我更知道这东西贵得要命。

“夫人想知道你们这里有没有芦笋?”我问侍者。

我手里捏着一把汗，心里祈求着他说“没有”，没想到的是，一个快乐的笑容轻巧地掠过了侍者神甫似的大脸，然后我听到了他十分殷勤地回答，他说他们店里的芦笋又大、又嫩、又新鲜，简直绝无仅有。

“我压根儿就不饿呀，”她叹了口气，说，“不过，如果你一定叫我尝尝的话，我吃一点也是可以的。”

于是，我叫了一份芦笋。

“你自己呢，不想来一点吗?”

“不，我向来不吃芦笋。”

“我知道有些人不喜欢芦笋。在我看来，事实是你吃的那些肉把你的胃口破坏了。”

我们坐等着芦笋的到来。

这一刻，我吓得心惊肉跳。如今已经不是我可以剩下几个钱过日子的问题了，而是我有没有足够的钱付账。如果结账的时候发现自己因为缺十个法郎不得不向客人张口的话，那真是太丢脸了。不管怎样我也不能出这个丑。我清楚地知道我的口袋里有多少钱，如果真不够付账的话我决定就把手往口袋里一伸，然后戏剧性地大喊一声，跳起来说我的钱被扒手偷走了。当然喽，如果她也没有足够的钱付账的话，我们只能面对这样一个极其尴尬的场面了。如果真是那样，唯一可行的办法就是留下我的表作抵押，等以后再来赎回。

芦笋端上来了，看上去又大又香，真吊人胃口。那融化了的奶油正向我散发着香味，使我的鼻孔一个劲儿地发痒。我一边望着眼前这位肆意大吃的女人大口大口地往喉咙里塞芦笋，一边客客气气地跟她谈论着巴尔干半岛的戏剧界现状。

她终于吃完了。

“要咖啡吗?”我问道。

“好吧，只要一份冰淇淋咖啡就可以了。”她回答。

反正我现在已经豁出去了，索性给自己也叫了一杯黑咖啡，给她要了一份冰淇淋咖啡。

“您知道，我一直有一个坚强信念，”她一边吃着冰淇淋一边说，“一个人吃饭时，只要吃个八九分饱就好了。”

“那么现在你还觉得饿吗?”我无精打采地问道。

“哦，不饿了；你瞧，我从不吃午餐的。早上我喝一杯咖啡，然后就等着吃午饭了。午餐我至多只吃一道菜，从不多吃。当然，我这也是在劝你。”

“您说的很对，我一定听从您的劝告的。”

接着，一件可怕的事情出现了。

我们正喝着咖啡的时候，领班侍者向我们走来，并摆出一副讨好的笑容。他的胳膊上挎着篮子，里面是满满的大桃子，一个个红得好像妙龄少女的脸蛋，色调就像是意大利绚丽的风景画。现在这个季节根本就不是桃子上市的时候。只有上帝知道多少钱一个。不过很快我也知道了——那是在过了一会儿以后，因为我的客人一边和我谈着话，一边心不在焉地随手拿了一个。

“你看，你用肉塞满了肠胃，”——她指的是我那一块可怜的羊排——“现在，你肯定什么也吃不下去了。而我呢，只是随便像吃点心一样地吃了一点，所以我还可以享受个桃子。”

令我恐惧的账单来了，付完账后我发现剩下的钱根本不够一次像样的小费。她的目光在我留给侍者的三个法郎上停留了一些时间，我知道她一定认为我太小气了。

走出餐厅时，我的口袋里已经空空如也，如何打发这个月剩下的日子，我还没有去想。

“学我的样子吧，”在我们握手道别时她说，“午饭千万只吃一道菜。”

“我还可以做得更好，”我大声回答她，“今天晚饭我也什么都不吃。”

“您可真是一位了不起的幽默家!”她快乐地喊着，然后跳上了一辆出租车继续说，“您真是幽默极了!”

不过，我终于还是复了仇。我自认为自己不是个睚眦必报的人，可是当不朽的上帝插手这件事时，你看到眼前这个结果暗自得意一番也还是情有可原的——如今，她的体重已高达二百九十四磅!

患难之交

三十年多年来，我阅人无数，可对于他们，我至今依旧不十分了解。如果只是靠一张脸来雇用一个仆人，我肯定会很难下决定。但反过来我又想到，其实我们多半人就是靠着一张脸来判断我们所遇见的人的：从下巴的形状、眼睛里的讯息、嘴巴的轮廓来下结论。我不知道我们这样做是否经常判断对多于判断错。为什么小说和戏剧经常显得不真实，就是因为作家们出于某种需要，把他们笔下的角色写成前后一致；他们不能让角色呈现出一种自我矛盾的局面，因为这样就变得不可理解了。

可是，在现实生活中，我们大多数人往往就是自我矛盾的。人身上本身就存在着一些杂乱无章、自相矛盾的特点。那些写逻辑的书上如果告诉你说，黄色是管状的、感恩比空气重，那么这无疑是胡说八道。然而在人类那种自相矛盾、互不协调的混合体性格中，极有可能把这同样的黄色组合成马和车子，把感恩组合成下一个礼拜中的一天。很多人对我说，他们对一个人的初次印象往往是正确的，我听了只会耸耸肩。很显然，我不认可他们的这种说法，我认为他们如果不是眼力过浅，就是自负过高。就我来说，我发现自己认识得越久的人，往往越使我迷惑不解。可以这么说，我交往最久的朋友们，恰恰是我一点也不了解的人。

我之所以产生这些想法，因为一早看到的报纸。今天早晨的报纸上登载了一则爱德华·海德·伯顿在神户去世的消息。他是一个商人，在日本做生意多年。说起来我跟他交情并不深，因为有一次他使我大吃一惊，随后我才对他产生了兴趣。如果不是听他亲口告诉我下面的这个故事，我无论如何都不会相信他竟然会做出这种事情。不论是外貌还是举动，他都很容易让人想起一种定了型的人物——如果说真有那么一个人，可以前后一贯，那么一定就是他了——我不得不说，这真的是让人十分震惊。他身材矮小，身高也就是五英尺多一点，看上去细瘦文弱；顶着一头白发，脸上布满了皱纹，不过气色很是红润，眼睛湛蓝有光。我认识他的时候他大约六十岁光景。那时他穿得总是整洁素净，与他的年龄和地位倒也般配。

伯顿的办事处虽然在神户，但他常常到横滨去。那时我碰巧有事要到那儿去耽搁几天，因为要等一艘船，在英国俱乐部的时候经人介绍跟他认识。我们一起打桥牌。他打得很好，而且人也慷慨大方。当时还有后来我们一起喝酒的时候，我发现他不大说话，不过一旦说起来却是通情达理的。实话说，他有一种沉着、冷静的幽默感。

他在俱乐部里人缘很好，他离开以后，大家谈论起他来时总说他属于最高尚的人当中的一个。巧合的是，我们两人都下榻于大光明旅馆，第二天他邀我一同用餐。那次，我看到了他上了年纪的妻子，胖胖的、笑盈盈的，还有两个女儿。很显然，这是一个十分融洽又相亲相爱的家庭。让我印象最深刻的是他的忠厚和善良。他那温和的蓝眼睛里有一种十分可爱的神色；他的嗓音也是柔和的，让人根本不能想象他会有高声怒吼的可能；他的微笑同样是亲切、慈祥的。有一种人吸引你，是因为你觉得他对所有的人都怀有真诚的爱。他有着迷人的魅力，但绝不会显得有任何的娇柔之态。他喜欢打牌，喜欢喝鸡尾酒，他能够抓住事物的要点讲述生动且有趣的故事，据说他年轻时候也算是个体育运动员。当然，他很富有，但他的每个便士都是依靠自己的努力赚来的。我觉得，仅凭他这么文弱矮小的模样就足以令人喜欢上他，他会唤起人们对他怀有的恻隐之心，也会感觉到他连伤害一只苍蝇都不忍心的真诚。

一天下午，我坐在大光明旅馆的大厅里。那还是在大地震以前（一九二三年，日本东京发生过大地震），大厅里摆着许多皮扶手的椅子。从大厅的窗户望出去，视野特别开阔，能够看到车水马龙的海港。有巨大的客轮开往温哥华和旧金山，或者途经上海、香港和新加坡等地开往欧洲；各国的货轮看上去已是饱经风浪，残破不堪；一些帆船的船尾高翘着，挂着巨大的风帆，那些风帆五彩斑斓，很是鲜艳；还有数不胜数的舢舨。这原本应该是一幅令人兴奋的繁忙景象，可不知什么缘故，倒让人有些心旷神怡之感。我不禁想，如此热闹的场面之中一定寄寓着某种传奇的故事，人们似乎可以信手拈来。

没过多久，伯顿就走进了大厅，他看见了我，然后在我旁边的椅子上坐下来。

“喝点儿酒怎么样？”

他说完便拍手招来了侍者，要了两杯加苏打水的杜松子酒。侍者把酒端来的时候，恰好有一个人在外面街上经过，他一眼看见了我，就对我招招手。

“你认识特纳吗?”我点头向那个人招呼的时候，伯顿问。

“我在俱乐部里看见过他。我听说他是靠国内汇款过日子的人。”

“不错，我认为是的。这里有许多这种人。”

“他桥牌打得很好。”

“他们一般都是这样的。去年这里有一个人，很巧合，他和我竟然是同姓氏，是我所见到的最好的桥牌手。我想你在伦敦的时候从没有见到过他吧。他说他叫赖内·伯顿。我肯定他一定在一些有著名的俱乐部里混过。”

“没有，我不记得听到过这个名字。”

“他是个十分出色的桥牌手。说起这个人来，他可真是不可思议，他对桥牌似乎有着天赋的才能。有一段时间他待在神户，我曾跟他打过多次牌。”

伯顿一边喝着苏打杜松子酒一边讲给我听。

“说实话，这真是个相当有趣的故事。”他说，“首先我要说的是他不是个坏人，我很喜欢他。他总是衣冠整洁，整个人风度翩翩很有气质。他的头发是鬈曲的，脸庞白里透红，可以说是个美男子。女人们都很迷恋他。他没有坏心眼儿，只不过有些落拓不羁——这是他饮酒过度的关系，自不必说了，他们这种人总是如此。每一季，国内都会寄一点钱给他，此外，他还靠打桥牌赢得一些钱。他赢过我不少，这个我是清楚的。”

伯顿说完轻声一笑。我从自己的经验知道，他打牌输钱的时候也能够神态自若。他经常用瘦骨嶙峋的手摸摸自己剃得光洁的下巴，手上的青筋暴露着，几乎是透明的。

“我想，他之所以在他倒霉的时候来找我，大概有两点，一来是因为他赢过我许多钱；另外一点就是他跟我同姓。有一天，他到我的办事处来找我，想让我给他安排一个职业。我相当惊讶。他告诉我，家里已经不再寄钱给他了，因此想找个工作。我问他几岁了。

“‘三十五岁。’他说。

“‘你至今都做过些什么事呢？’我再问。

“‘嗯，没做过什么。’他说。

“我忍不住笑了。

“‘我怕目前一点也帮不了你的忙，’我说，‘再过三十五年来找我吧，那时我再看看能不能替你想点办法。’

“他一动也不动，脸色发白。迟疑了片刻，然后告诉我相当一段时间以来他打牌手气不好。他不想老是打桥牌，于是打了梭哈（注：一种扑克牌赌法），结果把钱输了个精光，弄得一文不名。他把什么都当掉了，还付不出旅馆的账单，店主明确表示不让他再赊账了。他现在已到了山穷水尽的地步，要是找不到事情做，只好一死了之。

“我打量了他一会儿，看得出他整个儿垮了，酒喝得比平常更多，看上去像是个五十岁的人。女孩子要是现在看见他，可不会看上他了。

“‘那么，除了玩牌以外，你还会做什么事呢？’我接着问。

“‘我会游泳。’他说。

“‘游泳！’

“我简直不相信自己的耳朵，这就像是疯子回答的话啊！

“‘我曾代表我念的大学参加游泳比赛。’

“我有一点懂他的意思了。我认识不少的人，他们都曾经是大学里昙花一现的小偶像，他们对此总是念念不忘。

“‘我年轻的时候游得也很不错。’我说。

“突然，我有了一个主意。”

伯顿说到这里中断了他的故事，转脸对着我。

“你可熟悉神户?”他问道。

“不熟悉，”我说，“有一次路过那儿，但是只住了一个晚上。”

“那么你不知道汐屋俱乐部了。我年轻的时候，从那儿游泳，绕过灯塔，到樽见的小海湾登岸，路离有三英里多呢。由于灯塔附近的水流湍急，要游过去是相当困难的。好，我就和我那位同姓氏的青年谈了这一情况，并且说，要是他能游过去我就派给他一个工作。

“我看到他相当为难。

“‘你不是说你是个游泳好手吗?’我说。

“‘可是我身体不怎么好。’他回答。

“我没说什么，只是耸耸肩膀。他对我瞧了片刻，然后点点头。

“‘好吧，’他说，‘你要我什么时候去呢？’

“我看了看手表：刚过十点。

“‘游这段路不会超过一小时零一刻钟。我在十二点半的时候开车到那边小海湾接你。把你送回俱乐部去穿衣服，然后咱们一块儿吃中饭。’

“‘一言为定。’他说。

“我们握握手。我祝他运气好，他走了。那天上午我有许多工作要做，总算刚好赶在十二点半的时候到了樽见的小海湾。其实，我本来就不必着急，因为他一直都没有露面呢。”

“他在最后关头吓退了吗？”我问。

“没有，他没有吓退，他开头游得还算顺利，然而酗酒、放荡毁坏了他的体质，绕过灯塔的水流他对付不了。大约三天之后，他的尸体才被人发现。”

有一两分钟我说不出话来。我有点儿震惊，然后问了伯顿一个问题。

“你打算给他一个工作的时候，可知道他会淹死呢?”

他温和地微微一笑，用他那双善良、忠厚的蓝眼睛望着我。然后他用一只手摸着下巴，用一种寻常的口吻说：“嗯，当时我的办事处里确实没有空缺呀。”

吞食魔果的人

世界上的大多数人，也可以说是天下芸芸众生，都过着随波逐流的生活。即便有人愤愤地发现自己就像是方凿圆枘，如果换个环境，或许会有更大成就，多数人若不是对各种遭际习以为常，也只有甘心认命，得过且过地认命。这些人就像是有轨电车，永远在同一条轨道上来来回回地运行，周而复始，千篇一律，直到跑不动了，被拿去当废铁卖掉。在这个世界上，你很难找到一个敢于牢牢抓住自己人生轨迹的人。倘若你有幸找到一个，那你真得好好看看这个人。

正是出于这个缘故，我在遇上托麦斯·威尔逊后，对他大为好奇。他这个人做事大胆，而且做的事也很有意思。当然，故事还没有结果，而且实验不结束，就无法判定它是否是成功的。只是根据我从别人口中了解到的种种，我断定此人似乎确实非同寻常，所以我就想认识他。别人告诉我，他生性矜持，性格内向，但我认定，只要我有耐心，再略微施点计谋，是能够让对方对我推心置腹的。我要听他本人亲口说那些事情。人嘛，都喜欢夸张，都爱把事情浪漫化，对此我很清楚，所以我觉得他的故事或许并没有别人告诉我的那么离奇。

当我最终结识他时，我的这种感觉果然被印证了。那时，我在朋友的别墅里消暑过八月，地点是在卡普里岛的露天市场，时间是日暮时分。当时那儿聚集了一大堆闲聊乘凉的人，有当地人，也有外来客。那儿有一个露台可以俯瞰整个那不勒斯海湾，还可以看到太阳缓缓西沉的美景和金光四射背景前伊斯基亚岛的剪影。这样的美景真是世间最令人心旷神怡的了。我和我的朋友兼房东就站在那儿观看美景，突然听到他说：“看，那就是威尔逊。”

“哪儿?”

“就是那个坐在矮墙上、背朝我们的人。他穿的是蓝衬衫。”

我只看见一个模糊的背影和小小的头颅，头发灰白，很短而且稀稀拉拉。

“真希望他能转过身来。”我说。

“他肯定会的。”

“请他来莫甘诺餐馆，陪我们喝一杯吧。”

“没问题。”

摄人心魄的美景已经在眼前消失，太阳就像个掉入红酒中的橙子，在被夕阳映红的海水中逐渐下沉。我们转过身来，背靠矮墙，看着行人在眼前来回漫步。所有人都在滔滔不绝地说话，说得兴高采烈，让听的人也不禁跟着兴奋起来。接着，教堂里那口已裂了好几道缝的大钟敲响了，洪亮悦耳的钟声传了过来。钟楼就矗立在卡普里岛的露天市场，沿着港湾拾级而上就是市场，再继续拾级而上就是教堂。这里真适合表演多尼采蒂歌剧。你甚至会觉得，眼前这些喧闹的人群，随时都可能突然放声来个大合唱。那样的景象想起来都引人入胜！

我过分专注地看着四周的人群，以至于都没注意到威尔逊已攀下矮墙，向我们这边走了过来。他经过我们身边时，我的朋友叫住了他。

“喂，威尔逊，好几天没看到你下水了。”

“没感觉了，我去了另外那一边的海里。”

朋友这时把我介绍给了威尔逊。威尔逊跟我握手，看起来虽然彬彬有礼，但他的态度还是有些冷淡，毕竟来卡普里待上几天或几周的陌生人实在太多。我敢打赌，他结识了太多那些来而复返的过客。接着，朋友便向他发出了喝一杯的邀请。

“我正打算去吃晚餐呢。”

“可以略微推迟一下吗？”我问。

“我想，应该没问题，”他露出一丝微笑，说。

他的牙齿并不整齐，但笑容十分可爱，和善而温暖。他上身穿着一件蓝色棉布衬衣，下身穿一条薄帆布质地的褐色长裤，但裤子皱巴巴、脏兮兮的，脚上穿着一双旧的平底凉鞋。这身打扮看起来有种赏心悦目的感觉，十分契合周围的地理环境和气候，可是和他的脸一点儿也不搭。他长长的脸上满是皱纹，因为常年日晒，皮肤已被晒成了深棕色。他的嘴唇很薄，灰色的小眼睛并拢着，让整个五官显得紧凑又轮廓分明。一头灰白头发梳理得整整齐齐。这绝非是一张普通的脸，可以看得出，威尔逊年轻时甚至可能是个帅哥，所以至今相貌仍不失端庄。他的蓝衬衫的衣领敞开着，灰色的帆布裤看起来像是别人的衣物，就像是遭遇某次沉船事故时，别人见他穿着睡衣睡裤，就好心地随手拿了件衣服给他，压根儿不管适不适合一样。虽然他的衣着很随意，但他看起来还是有一个保险公司某家分店的经理的样子。按理来说，他的打扮应该是：黑色上装，搭配黑白条纹的西裤，白衬衫的领子下系一条并不招人讨厌的领带。很自然地，我想象自己是他的一个客户，因为自己丢了一块表，就跑去找他要保险金，而他显然不太喜欢我，所以面对他一个又一个问题时，我才会被他的神色弄得方寸大乱。虽说他礼貌有加，可通常来说索保的人多是笨蛋或恶棍。

我们提起脚步，慢慢悠悠地穿过露天市场，沿着街道前往莫甘诺餐馆。我们在餐馆的花园里坐了下来。周围顾客的语言繁杂，有俄语、德语、意大利语和英语。我们要了点喝的。老板娘卢西亚太太摇摇摆摆地走过来，用她那甜美的声音轻声问候我们。虽然她已经是半老徐娘，身材也发福了，但大家还是能从她身上看到那个三十年前大美人儿的影子。要知道，年轻时的她可是画家争相描摹的对象，虽然有的画家画功拙劣。老板娘有着一双像天后赫拉似的水汪汪大眼睛，笑起来亲切又殷勤。我们三个随便说了一会儿话，因为卡普里这地方有很多丑闻八卦，这大大丰富了人们的谈资。但这里没有发生什么特别有意思的事，于是威尔逊很快就起身告辞了。过了一会儿，我们朝朋友的别墅信步走去，去吃晚餐。回去的路上，朋友问我对威尔逊有什么印象。

“没什么印象，”我说，“我真怀疑你讲的故事有没有一丁点儿的真实性。”

“为什么这么说?”

“他看起来不像会做那种事情的人。”

“谁能清楚一个人的本事到底有多大呢?”

“在我看来，他根本没什么特别的地方，不过是一个生意人而已，靠着金边优质证券有项不错的退休收入。我看你说的故事，也不过是卡普里大街小巷传的小道消息而已。”

“你愿意怎么想，就怎么想吧，”朋友说。

我们经常游泳的地方，是一个名叫“台比留大浴场”的海滩。我们坐上出租马车，沿着公路来到某一地点，然后头顶着火辣辣的太阳，耳听着此起彼伏的蝉鸣声，徒步穿过柠檬矮林和葡萄园，一直走到峭壁崖顶，这儿有一条陡峭危险的羊肠小道通向大海。一两天后，正当我们计划下崖时，朋友说道：“快看，又是威尔逊。”

咔嚓咔嚓，我们踏过海滩，浴场唯一的不足之处，就是地上布满的不是细沙而是砾石。当我们走近时，威尔逊瞅见了我们，并冲我们挥了挥手。他站在那儿，嘴里叼着一只烟斗，身上只有一条泳裤。他全身的皮肤呈深棕色，身材精瘦，但也不是骨瘦如柴。相对于他满是皱纹的脸和灰白的头发，他的体格还算年轻，还算强健。我们热得要命，于是赶快脱掉衣服，一头扎进了海里。游出海岸才六英尺，海水已经有三十英尺深，但清澈见底。水温虽然不低，但还是让人觉得全身舒畅。

等我从水中回到海滩上时，看见威尔逊正趴在一方浴巾上看书。我点燃一支香烟，走了过去，在他旁边坐了下来。

“游痛快了吗？”他问。

他把烟斗当做书签，夹在书本里，然后合起书，把它搁在旁边的碎石上。显然，他想和人聊聊天。

“妙不可言，”我说，“世上最好的浴场。”

“当然，传说这就是古罗马皇帝台比留的大浴场，”他指了指那一半入水一半留在陆地上的大片断壁残垣。“可惜那都是鬼话扯。知道吗，这儿不过是皇帝当年的一个别墅而已。”

这我当然知道。可是别人想说什么，是他们的事，你听着就行。你听凭他们赐教，他们就会觉得你这人不错。威尔逊咯咯一笑。

“台比留，真是个有趣的老家伙。可惜现在大家都说，关于这位皇帝的所有故事，都是后人虚构的。”

他开始给我讲有关台比留的故事。可我自己读过苏东尼斯的恺撒众皇考，还有早期罗马帝国的各种史书，因此他说的这些对我其实并没什么吸引力。不过，我却因此发现此人并非不学无术之辈。我把自己的这种感觉说了出来。

“哦，这个嘛，我住到这儿来后，很自然地就对这些东西产生了兴趣，何况我有很多的空闲时间来读书。住在这样 个地方，难免会浮想联翩，感觉历史好像都变成了真事，有时甚至会觉得自己就生活在历史中的古时。”

我真该在这时打断他，提醒他现在是 1913 年；世界变得便捷又舒适；谁也无法想象会有什么严重的事情发生，来打破生活的安逸。

“你来这里多久了？”我问。

“十五年。”他瞥了一眼那蔚蓝而平静的大海，薄薄的嘴唇翘了起来，笑容特别温馨。“我一眼就爱上了这地方。我敢说，你一定听说过那个被神化的德国人的故事，他坐着那不勒斯渡船来到这儿，本来只是想吃顿午餐，看看蓝洞，没想到从此就住了下来，而且一住就是四十年。呃，我不能说自己跟他完全一样，但最终我也会这样吧。只是，我在这里可能待不了四十年了。二十五年吧。不管怎么说，总比那些‘眼睛一亮，到此一游’的游客要好。”

我等他继续往下说，因为从他方才的话里，我似乎终于听见了一些和我曾听说的故事有关的字眼。可就在这时，我那朋友浑身湿漉漉地上岸来了，他对自己游了一英里的表现感到非常骄傲，谈话也因此被转到其他方面去了。

从那以后，我又在露天市场和海滩多次邂逅威尔逊。他笑容亲切，彬彬有礼，总是乐于与人交谈。我发现，他不仅对这座岛屿了如指掌，对邻接的大陆也有很深的了解。他读的书很多，各个方面都有所涉猎，他尤其喜欢读罗马史，他在这方面算得上是一个博闻多识的专家了。但他的想象力似乎不太丰富，人也不太机敏；他爱笑，但笑容永远很得体，一个简单直白的笑话，就可以让他发笑。他也就是一个普通人而已。我没有忘记他在我俩单独短暂闲聊那次说过的一句奇怪的话，不过后来他再没有提起过那个话题。那天，我和朋友从海滩回来，坐着出租马车到了露天市场，下车后，我们吩咐车夫五点钟来接我们去安娜卡普里。我们打算去攀登索拉罗峰，去我们特别喜欢的一家小酒馆吃饭，然后在月光的照耀下漫步下山。那天晚上的月亮很圆，夜晚的景色特别美妙。我们吩咐车夫的时候，威尔逊就站在旁边。我们乘车时带上他，是怕他一路顶着烈日从扬尘的路上走回来。出于礼貌，我问他愿不愿意同我们一起夜游。

“我请客。”我说。

“倍感荣幸。”他答。

谁知临出发前，我那朋友突然觉得身体不舒服，说是因为泡在水里太久，再去受累走长路，恐怕身体吃不消。于是，我只好独自与威尔逊结伴去夜游。

我们爬上山顶，眺望万里云平的胜景，然后在薄暮时分回到客栈，热出一身臭汗，还又饥又渴。我们事先订好了晚餐。食物很美味，因为店主安东尼奥是个相当出色的厨子，我们喝的酒也是他自己葡萄园出产的佳酿。酒味很淡，淡得都能当水喝，所以在吃通心面的那会儿，我们已经喝完了一瓶。等喝完第二瓶时，我们已经有些醺醺然，颇有点此生无憾的感觉了。我们坐在花园里，头顶上的葡萄藤果实累累。清风瑟然，夜静人孤。侍女为我们送来了一盘无花果和“丽乡”牌乳酪。我要的是咖啡和斯特雷加橙味甜酒，这是意大利产的最佳酒品。威尔逊谢绝了我的雪茄，转而点燃了他的烟斗。

“上路前，我们的时间还很充裕，”他说，“还有一个小时，月亮才能爬上山。”

“有没有月亮，其实无所谓，”我心情轻松地说，“不错，我们的时间很充裕。这是卡普里招人喜欢的一个特色，就是说，从来不用赶时间。”

“闲暇，”他说，“可惜很少有人懂得这点！这对人类来说，是我们能够拥有的最有价值的宝物。可惜大多数人都很庸俗，甚至不懂如何去争取闲暇。工作？他们为了工作而工作。他们从来不去想一想，工作是为了什么？不就是为了获得闲暇吗？”

有些人就是这样，几杯黄汤下肚，就喜欢高谈阔论。

他的这些话没什么错，但也没什么独到之处。我没有应声，径自擦了根火柴，点燃了雪茄。

“我第一次来卡普里时，正好是月圆的时候。”他若有所思地说，“那晚的月亮和今晚的一样圆。”

“是吗？你的记忆力不错。”我微笑着说。

他笑了。在这花园里，悬在我们头顶上方的那盏油灯，就是我们唯一的照明工具。在这样的光亮下进餐，其实效果不太好，不过两个人就着这点亮光谈心，昏暗不明的灯光就反而增加了一丝情调。

“你没明白我的意思。我是说月圆可能在昨晚。十五年了。今天回想起来，就像是才过去一个月一样。在那之前，我从没来过意大利。我来这儿是打算度假避暑的。我从马赛出发，乘船到了那不勒斯，在那儿到处游览了几天，去看了看庞贝啦，佩斯敦啦，以及类似的一两个去处，然后就来到了这儿，待了一周的时间。船还没靠岸时，我一看见这地方的外观，就立刻喜欢上了它。我是说，我就目不转睛地看着这地方渐行渐近，然后轮船上放下小艇，我们登上小艇，被送到码头登岸。一上岸，这儿的人就围了上来，叽叽呱呱地说着话，有人想替你搬行李，还有人想替旅馆招徕顾客，玛丽娜街两旁的房屋破旧不堪，步行上坡到达旅馆后，在露台进餐——瞧，我顿时被这一切迷住了。这就是真相。那会儿我被迷得神魂颠倒了吗？我不知道。要知道，我是来到这儿后才喝的卡普里葡萄酒，以前只听人说起过而已。现在回想起来，当时我肯定是醉了。别人都回房间休息了，只有我还坐在露台上，看着月亮和被月光笼罩的海面，远处的维苏威火山还喷出大团火红的浓烟。当然，我现在知道了，我当时喝的酒其实差劲透了，天哪，居然有胆子叫卡普里葡萄酒，可那时候的我没察觉到任何不对劲。其实，不是酒灌醉了我，而是这个岛上的一切都让我沉醉：这个岛的形状，这些叽叽呱呱说话的岛民，还有月亮、大海，以及花园里的我从未见过的欧洲夹竹桃。”

他说得渴了，于是举起杯来，没想到杯子里已经空空如也。我问他要不要再来一杯斯特雷加橙味甜酒。

“那样的蹩脚货只会让人倒胃口。咱们还是来瓶葡萄酒吧。葡萄酒的味道才叫棒，那可是地道的葡萄汁水，不伤身体。”

于是，我又要了葡萄酒，酒送来后，我斟满了两人的杯子。他喝了一大口，发出惬意的感叹，然后又继续说下去。

“第二天，我找到了浴场，就是我们现在经常去的那个地方。我发现那里很适合游泳。然后，我逛遍了整个岛。

说来有幸，我到廷本利奥海岬的时候，正赶上那里的人们在过节。我看到圣母像、教士队伍和捧着香炉左摆右晃的侍僧们，还有一大群喜笑颜开的狂热民众，许多人的穿戴都很鲜亮。我遇到一个英国人，便问他这地方为什么这么热闹。‘喔，大家在庆祝圣母升天呢，’他说。‘至少，天主教会的说法是这个。其实，这不过是岛民自己在寻乐子。这是维纳斯节。你知道，过节的可都是异教徒呀。什么美丽女神如芙蓉出水啦，都是这类的瞎胡闹。’听他这么说，我顿时产生了一种怪异的错觉，仿佛自己回到了遥远的过去，你明白我的意思吧。在此之后的某个夜晚，借着月光我下了山，去瞭望法拉格里奥尼礁群。如果命运三女神希望我继续做银行经理，她们就不会任由我在月夜下山去散步了。”

“原来你是银行经理啊？”我问。

我没有猜对他的身份，但也没有差得太离谱。

“不错，我原来在约克城市银行克劳佛特大街支行工作，是那儿的经理。我原来住在亨敦路北段，从家出发去银行只需三十七分钟，上班十分方便。”

他再次点燃烟斗，呼哧呼哧地抽起来。

“那是我待在这儿的最后一晚。周一上午，我就必须返回银行。月光下，当我看到那两座突出海面的巨大礁石，看到捕乌贼的点点渔火，海天一色，冷清寂静，美得像一首诗，又像一幅画，我就对着自己说，呵，其实，我为什么非回去不可呢？我没有妻子儿女要养活。太太四年前患支气管肺炎死了，女儿跟着她外婆，也就是我妻子的母亲，一起生活。岳母大概人老糊涂了，没把孩子照顾好。女儿患上血中毒，被截去一条腿也没保住性命。她也死了，可怜的小家伙。”

“太可怕了。”我说。

“是啊，我当时悲恸欲绝，当然，如果女儿跟我一起生活，那打击会更大。可我要说幸好老天怜悯，一个女孩失去一条腿后，很难有什么光明的前途。妻子的死对我打击很大。我们夫妇感情和睦，虽说我不知道这种和美日子到底能持续多久。妻子是那种很在意别人看法的女人。她不喜欢旅行，她理想中的度假地点不过是英格兰的伊斯特本。知道吗，在她去世前，我都没渡过英吉利海峡。”

“我想，你肯定还有别的亲人吧？”

“一个都没有。我是独生子。我父亲有个兄弟，不过在我还没出生的时候，他就去了澳大利亚。我看这世上，很少有像我这样孑然一身的人了。我觉得没有什么理由能够阻止我去随心所欲地生活。那时，我三十四岁。”

他曾告诉我，他来到这个岛上已经有十五年了，按此推算，他现在应该是四十九岁，和我估计的差不多。

“我从十七岁就开始工作，所谓的前途其实不过是日复一日、年复一年地干着同样的事情，直到退休领取养老金。我问自己，这样做值得吗。把所有的事情都放下，在这儿度过余生，难道不好吗？这里可是我遇见的最美的地方。可是我接受过业务训练，又是一个前怕狼后怕虎的人。‘不行，’我对自己说，‘不能这样感性轻率。一定要听从自我的告诫，明天就回去，把事情好好想一想。或许一回伦敦，想法就不同了。’我真是蠢得要命，不是吗？就这样，一年光阴又被浪费了。”

“这么说，你的想法还是没改变？”

“当然，初衷不改。每当我工作时，我就会想起这儿的海泳、葡萄园、上山的路、月亮和大海，还有傍晚的露天市场，下了班的人们在外面四处闲逛，找人闲聊几句。我唯一担心的一点，就是别人都在工作，我凭什么游手好闲呢？这时，我看到美国人马力盎·克劳佛特写的一本历史类方面的书（1900 年两卷本著作《南方的统治者：西西里，卡拉布里亚，马耳他》)。他在书中写到了锡巴里斯和克鲁图纳两座古城。在锡巴里斯，人们享受生活，成天作乐，而在克鲁图纳，人们吃苦耐劳，如此等等。有一天，克鲁图纳人跑到锡巴里斯，灭了这座古城，而一段时间后，来自其他地方的一批批人，又灭掉了克鲁图纳这座古城。锡巴里斯连块石头都没留下；克鲁图纳也只残存一根孤柱。看到这里，我最终下定了决心。”

“怎么说?”

“最终的结果都一样，对吧？回顾起来，谁对谁错呢？(原文‘who were the mugs?’此话出自一个西方典故：许多杯子叠放在一起，叠成一堆的杯子倒了，散落一地，谁能知道罪魁祸首是哪一个杯子呢?)”

我没应声，他又说道：“钱是个问题。在银行，没干满三十年的人，是没有养老金的。提前申请退休，会得到一笔遣散费。单靠这笔钱，加上我以前辛辛苦苦攒下的一点儿积蓄和卖掉房屋得到的钱，都不够买份能打发余生的年金保险。这真是荒谬，一方面牺牲一切只为过快活日子，另一方面却又没足够的进项供你过快活日子。我想有座小屋，雇个仆人照顾我的生活，还要有买烟丝和稍有品质的食物的钱，时不时还要买几本书，还得留出一点应急的花费。我很清楚自己到底需要多少钱，最终我手上所有的钱只够我买下为期二十五年的一份年金保险。”

“那时你三十五岁？”

“是。年金可以维持到我六十岁那年。说到底，谁都无法保证自己肯定能活过那个年纪。很多人活到五十几岁就死了。再说了，活到六十岁，人生该享受的也享受得差不多了。”

“从另一个角度来说，谁也无法保证自己活到六十岁就死啊。”我说。

“这个，我不予评论。谋事在人，成事在天，对吧？”

“如果是我，我宁可留在银行，直到自己有资格领取养老金。”

“那时我就四十七岁了，就只能老态龙钟地来这里享受生活了。如今我已经年过四十七，说起享受生活，还跟任何时候一样劲头十足。可毕竟年岁大了，享受不了年轻人特有的乐趣了。你知道，五十岁的人照样能过三十岁时的舒坦日子，但舒坦的涵义却并不相同。我当时的想法是，趁着自己身强力壮，精力旺盛，过上完美无憾的生活。我觉得，二十五年是很长的一段时间，花点代价，就能换来二十五年潇洒的人生，好像是划得来的。我决心等上一年，也确实等了。最后，我递上辞呈，一等到遣散费发下来，就买下一份保险年金，然后来到了这里。”

“保险年限是二十五年?”

“是的。”

“你有后悔过吗?”

“从来没有。直到今天，我都觉得这笔钱花得很值，何况还有十年。你不觉得在享受了二十五年完美快活的日子后，人应该能毫无遗憾地死去了吗?”

“或许吧。”

他并没有解释他今后的计划，但是意思已经很明白了。他说的这些，其实我早从我的朋友那儿知道了一个大概，但此刻听他本人亲口说出来，确实别有一番滋味。我偷偷瞅了瞅他，真没发现他身上有什么与众不同的地方。他那张匀整又端庄的脸，实在没法让人联想到他这些惊人的举动。我无意谴责他。他有权以如此乖张的方式来安排自己的生命，至于为什么他不能以自己中意的方式打发生命，我也弄不明白。尽管如此，我的背脊仍不由自主地打了个哆嗦。

“有点凉了吧?”他笑着问。“我们现在就下山吧。月亮这会儿应该已经升到高空了。”

分手时，威尔逊问我，想不想哪天去他的小屋看看。两三天后，我得知他的住处后，就去找他了。他的小屋是一间小小的农舍，地处离城很远的一个葡萄园内，是一个俯瞰海景的好地方。小屋门边有一株欧洲夹竹桃，花色浓艳，就像颜料染过似的。屋子里的两个房间很小，还有一个小得可怜的厨房，以及一个披棚，用来堆放柴薪。卧室里没什么家具，看起来就像修士苦修的地方。起居室倒布置得挺舒适，散发出一股好闻的烟草味儿。起居室里摆放的那两张宽大的扶手椅，是他从英国带来的。除此之外，有一张卷盖式书桌，一架竖式小钢琴以及几个塞满了书的书架。G. F. 沃茨和雷吞勋爵画作的拓片被镜框装着，挂在墙上。威尔逊告诉我，这是葡萄园园主的房子，不过他如今搬到山上更高的地方去了，他太太每天来帮忙打扫和做饭。他说第一次游览卡普里时，他就发现了这小屋，回来定居时便租下了它，从此就住在这里了。看到钢琴和钢琴上摊开的乐谱，我问他是否愿意弹上一曲。

“嗨，琴艺不佳，只是我一直都很喜欢音乐，在琴键上胡乱敲敲也很开心。”

他走到钢琴前，坐了下来，挑了贝多芬一首奏鸣曲中的一个乐章来弹。他确实没什么琴艺。我翻了翻他的乐谱：舒曼和舒伯特、贝多芬、巴赫，还有肖邦。他的餐桌上，有一副油腻腻的扑克牌。我问他是否玩接龙之类的单人牌戏。

“经常玩。”

从我眼前看到的东西，加上从别人那儿听来的细节，我在自己心中勾勒了一幅图画。我觉得，这幅图画绝对精准地描绘了他过去十五年来的生活。他的生活当然没有伤害他人。游泳，远足，虽说对卡普里了解透彻，但一直都很欣赏它的美；弹奏钢琴，独自玩纸牌，读书。只要有人邀请，他都欣然前往，即使聚会无趣至极，他也总是满脸带笑，彬彬有礼。别人冷落他，他也不以为意。他喜欢与人交往，却又始终保持一点距离，不让彼此的关系到熟稔的程度。他生活勤俭，但也不苛待自己。他没有欠过别人一分钱。我也不认为他是那种嗜性如命的男人。如果说，在还算年轻的时候，他可能还偶尔会与某位上岛旅游的异性碰出激情的火花，待对方一看到这个小屋必会扭头就走，而对于他，我则敢肯定，即使在关系尚未了断之际，他在感情上也是极有节制的。我想他是下定了决心，要保持自己精神上的独立性。他狂热的激情都释放给了唯一的一个对象，那就是美丽的大自然，它是生活赐予每个人的简朴而自然的事物，他从中收获了快乐。你可以说他活得很自私。这话没有错。他对于其他人没有丝毫帮助。但换一个角度来看，他也没有损害任何人的利益。自得其乐就是他唯一想做的，而且他确实做到了。这世上，只有很少的人知道该到哪里去寻找幸福，而找到幸福的人更是少之又少。

我不知道，他到底是愚蠢不堪还是睿智过人。可他确知自己的心思无疑。在我看来，如果非要说这个人有什么特别，那就是他其实是一个再寻常不过的普通人。我如果不知道他的故事，绝对不会回想起他来，想到十年之后的某一天——除非他被一场偶然袭来的疾病夺去生命——他必须费心谋算自己离开这个他深爱着的世界的方式。我不知道，是不是因为他的脑子里时刻萦绕着这种想法，他才有了特殊的热情，敢于尽情享受生命的每分每秒。

我必须公平地提到，他其实一向忌讳谈及自身。我觉得，他可能只对我的那位朋友坦白说起过自己的故事。我还相信，他之所以告诉我他的故事，是因为他觉得我的朋友已经完全告诉了我。再说，那一天晚上，他讲故事的时候，已经喝醉了。

我结束我的卡普里之行后，就离开了小岛。第二年，战争爆发。我的生活发生了很多变化，人生道路因而剧变。直到十三年后，我才再次来到卡普里。我那朋友比我早回来了一阵子，可他的家境没有以前殷实，大别墅换成了小房子了，也就没有多余的房间借给我了。于是，我只好住进旅馆。小艇靠岸时，朋友在岸边迎接我，然后带我去吃晚饭。吃饭时，我问起了他新房子的准确地点。

“你知道的，”他回答说。“就是威尔逊以前住的那个小屋。我搭建了个阁楼，布置得很舒服。”

脑子里实在装了太多事情，以至于这么多年来我从没想到过威尔逊，但这时却蓦地一惊，那些往事浮现在我眼前。我俩结识时，他还有十年的保险，现在肯定早过期了。

“他像他说的那样自杀了吗?”

“他的故事真是可怕。”

威尔逊的计划本来没什么问题，只有一点不足，而我认为，这点不足恰恰是他没有意料到的。那就是，他从没想过，在这幽遐之地，悠然自得地尽情享受了二十五年安逸的生活以后，自己会慢慢变得软弱。只有克服一个个障碍，意志才能发挥力量，如果人生道路十分顺畅，不用吹灰之力就如愿以偿，那么意志只会变得绵软无力。如果你一直在平地行走，用于爬山的肌肉肯定就会萎缩。这些虽是陈词滥调，说的却是事实。威尔逊的保险年金到期后，他早已没有了自我了断的决心，那就是他为安逸享乐这么多年付出的代价。从朋友还有其他人后来的叙述中，我断定，他并非没有勇气，只是丧失了果断做决定的能力，于是就一天天拖时间。

他在岛上住了这么多年，结账一直都很准时，所以要借点钱并不困难。他以前从不找人借钱，这时不得不开口了，而且他发现愿意借给他几个小钱的人不在少数。这么多年来，他从没拖欠过房租，所以房东，还有那位侍候他的房东太太阿松娜，自然也愿意在房租上宽限他几个月。他对外说，他的一个亲戚过世了，由于法律手续繁琐，他暂时还拿不到死者留给他的钱，因此手头才会暂时比较紧张。大家对他的话深信不疑。就这样，他尴尬地拖过一年多的时间。再往后，当地的商家拒绝再赊账给他了，当然也没人再借钱给他，房东也对他下了逐客令，让他要不在规定时限内付清拖欠的房租，要不就收拾东西走人。

在规定时限的前一天，他待在自己的小卧室里，关紧门窗，拉上窗帘，将满满一火盆的焦炭点燃了。第二天早晨，阿松娜来帮他做早餐时，发现他昏倒在屋里，但还有一丝气息尚存。这个房间通风良好，所以尽管他做了种种准备，想要隔绝新鲜空气，但并没能形成一个彻底封闭的环境。这一切都暗示着，尽管已经山穷水尽，他在最后一刻了断时，还是没能完全下定决心。威尔逊随即被送往医院抢救。他一度徘徊在死亡边缘，但最终还是痊愈了。炭中毒或昏迷导致的后果，就是他的精神官能有些失控。很显然，他的脑子出问题了，但他又不算疯子，至少没疯癫到进疯人院的地步。

“我去看过他，”朋友说，“为了引他说话，我想尽了一切办法，但他只会怪兮兮地望着我，好像完全不认识我。他躺在床上的样子真是可怜，花白的胡须一周没刮。如果不计较那怪兮兮的目光，他也没什么不正常的表现。”

“怎么个怪兮兮？”

“我没法用语言描述。迷惘。我打个不恰当的比方：你向天上扔一块石头，石头停留在半空，不落下来……”

“那是挺玄乎的。”我笑着说。

“跟你说，他的眼神就给人这种感觉。”

如何处理他，成了件十分棘手的事。他没钱，也没有挣钱的途径。他的财产资不抵债。他是英国人，意大利当局绝对不愿意担起接收他的责任。那不勒斯的英国领事又拿不出处理他这种个案的钱。当然，意大利可以遣返他回英国，但即使他回国，似乎也不会有人照顾他。他的仆人——阿松娜，曾说他是个不错的主人和房客，只要有钱，总是随时付清费用；她又说，他可以住在她和她丈夫住处的木棚里，吃饭就和夫妇俩一起吃。谁也不知道，他是否听出了房东太太的好意。阿松娜来医院领他回去，他就默不作声地跟着走了。他似乎丧失了自主意志。到今天，房东太太收容他已经有两年了。

“你知道，别说什么舒适了，”朋友说，“他们就随便搭了张东倒西歪的架子，给他当做床，又扔给他几条毯子。小棚没有窗户，夏天热得像火炉，冬天冷得滴水成冰。饭菜也粗糙简单。你是知道农家伙食的，礼拜天能吃顿带肉味的通心面，就很不错了。”

“那他怎么打发时间呢？”

“他在山里到处乱跑。有两三次，我想见见他，却根本找不到他。他一见有人来，就像只受了惊吓的野兔，撒腿就跑。有时，阿松娜下山来，跟我聊一会儿，我会给她一点钱，让她给他买点烟丝，可谁知道烟丝到没到过他手上。”

“他们对他还行吗?”我问。

“阿松娜心肠不错，这个我敢肯定。她把他当做小孩。但她老公恐怕就没有这种好心肠了，时常抱怨不该收留这么个人，搞得花销很大。我并不觉得房东是个残忍的人，或有诸如此类的弱点，不过我确实觉得房东对他有些苛刻，让他提水，清扫牛棚，做数不清的杂活。”

“听起来挺凄凉的。”我说。

“他是咎由自取。毕竟，种瓜得瓜嘛。”

“我觉得，总的来看，我们大家都是种瓜得瓜，种豆得豆。”我说，“话虽如此，可他的遭遇确实挺可怕的。”

两三天后，朋友和我去散步，正沿着地中海橄榄树丛中的一条小道前行。

“快看，威尔逊，”朋友突然说，“别盯着他瞧，那样他会害怕的。一直往前走。”

我低头看着路，径自往前走，眼角的余光瞄到一个男人躲在地中海橄榄树后面。我们走近时，他一动不动地待在那儿，但我却感觉到他一直紧紧盯着我们。等我们一走了过去，就立即听见了一阵噼噼啪啪狂奔的脚步声。威尔逊逃走了，他就像一头被猛兽追逐的猎物，急于寻找安全的藏身之处。那是我此生看到他的最后一眼。

去年，他去世了。那种穷困潦倒的生活，他足足忍受了六年。一天清晨，他的尸体在山坡上被人发现了。他卧倒的姿势很安详，像是在睡梦中死去的。他去世的地方，正好可以看见那被称为法拉格里奥尼的两座拔海而出的巨礁。又是一个月圆之夜，他肯定是想看月光笼罩下的礁群了。或许，他就是在月皎时分嵯峨之美中死去的。

风　筝

我知道这个故事有点儿离奇。我自己都无法理解，之所以要用文字记录下它，无非是心存一线希望：或许通过文字的描述，我能对它有更清楚的认识，或者更准确地说，是希望哪位对复杂的人性有着比我更深入的认识的读者能够站出来，指点一下我，给我解释一下，好让我解开心中的疑惑。当然，我最先想到的其实是，或许有某些弗洛伊德式的玄机隐藏其中。迄今为止，我已经读过许多弗洛伊德的著作，还有其追随者的一些著作，而且为了写这个故事，我最近还特意找出了“现代文库”版的弗氏文集，重新浏览了一遍，这套文集几乎囊括了他的基本著作。这项差事多少有点辛苦，因为他在书中的描述真是相当无趣而且啰唆至极，而且他在号称由他开创了某某理论时，态度总有点刻薄，这充分显示出他有一种虚荣和自负，以及对同行们心怀嫉恨。就是这样的一个人，竟然摇身一变成了一个科学家，并且还开创了一门学科。不过，我相信，在为人处世上，他这个人应该还算和善、温厚。众所周知，一个人在为人方面的行为，和他在为文方面的行为，往往会有巨大的反差。越是在作品当中表现得苛刻粗暴、尖酸刻薄，在现实生活中反而越可能是一个温良恭俭、畏畏缩缩的人，连对一只鹅嘘一声都不敢。不过这话又扯远了，跟我要说的本题没什么关系。然而，尽管我特意重新翻阅了弗洛伊德的著作，但脑子里一直存在的疑问却没得到答案。所以我只能就事论事，尽量如实地讲述事情的经过，我能做的也就这点了。

首先，我要郑重声明一下，这不是我自已的故事，而且我也不认识那些跟故事相关的人，一个都不认识。这是在某一天傍晚，我的朋友奈德·普雷斯顿给我讲的故事，他之所以讲给我听，是因为他也觉得它是一个摆在他面前的难以处理的难题，而他满心期盼着我或许能给他一点建议，帮他一把，但事实证明我爱莫能助，对他提供不了任何帮助。

我的朋友奈德·普雷斯顿在沃姆伍德·斯克拉比斯监狱做监察员。他是个对工作非常认真的人，总是像看待自己的烦恼一样去看待囚犯们的麻烦。我们一向都喜欢在皇家咖啡馆（著名的餐厅和聚会场所，位于伦敦皮卡迪利广场摄政街六十八号，于一八六五年开业，在十九世纪九十年代成为著名的风尚地标，这里的常客包括各界名流，比如王尔德、萧伯纳、弗吉尼亚·伍尔夫、丘吉尔以及伊丽莎白·泰勒和戴安娜王妃等）用餐，那种让画家们一直都很着迷的老皇家咖啡馆既匪夷所思又优美迷人的装饰遗迹，在那间又低又长的房间里到处都是。我们当时就坐在咖啡馆里，悠然自得地啜着咖啡和利口酒，奈德则公然无视他的医生的警告，嘴上叼着一根又大又长的上等哈瓦那雪茄。

“眼下，我刚接手了一个来自斯克拉比斯里的很有趣的伙计，”他开口道，迟疑了一下，“我做梦都想知道，我该拿他怎么办才好。”

“他是因为什么被关进去的？”我问。

“他抛弃了他妻子，法庭责令他每周付给她一定数额的赡养费，可是他拒绝执行，一分钱也不肯掏。无论我跟他摆事实还是讲道理，说得我口水都干了，他还是不答应付钱。我跟他说，他这样做只能是自暴自弃、自毁前程。他却回答说，他宁愿坐一辈子牢，也不想付给她一个子儿。我劝他说，他总不能眼睁睁看她饿死吧，而他只回了我一句：‘为什么不呢？’他的行为举止优雅大方，工作也很体面，经济上没有任何问题，精神上看起来也很正常，他只是恨透了他的妻子，只要一想到她生活在水深火热中，他就是身在监狱也开心。”

“为什么他会这么恨她？”

“她把他的风筝给毁掉了。”

“她做了什么？”我叫道。

“我说过了。她把他的风筝给毁掉了。他说永远不会原谅她。”

“他绝对是疯了。”

“不，他精神很正常，他是个相当聪明、体面的小伙子，而且绝对通情达理。”

他的名字叫赫伯特·桑伯里，他母亲是位非常优雅的女士，从来都不叫她丈夫萨姆，而是叫他塞缪尔，因此她也从不允许别人叫她的儿子赫伯或是伯蒂，而是叫他的大号赫伯特。桑伯里太太的名字叫贝阿特丽丝，当初桑伯里先生在和她订婚以后，曾大着胆子叫过她一次贝阿，马上就遭到了她的坚决反对。

“我的教名是贝阿特丽丝，”她说，“大家一直都叫我贝阿特丽丝，将来也必须这么叫我，不论是你还是和我关系最亲近的人，都得这样叫我。”

她个子娇小，但身体却很健壮、活跃，身材瘦小却肌肉结实。她的肤色有些发黄，五官端正，线条清晰，轮廓分明，一双小眼睛像珠子般浑圆、明亮。到了她这个年纪，她的头发还这么黑，倒是有些可疑，她总是把头发梳理得干净利落、一丝不乱，发型跟维多利亚女王的几位公主有得一拼，自从她可以自己梳理头发后，她就一直保持着这种发型。她这一辈子当中，连在鼻子上扑粉都没有过，就更别说在脸上涂抹胭脂和给嘴唇涂抹唇膏了，如果她真的为了保持头发最初的色泽而采取了一些措施，可算得上她对轻浮和虚荣做出的唯一妥协了。她的衣服从来都是面料上等的黑色衣裙，而且完全不关心什么流行时尚，裁制（由街角的一个小女人奉命执行）的唯一标准就是，衣裙的样子既要得体又要耐用。她全身上下唯一的装饰物，就是脖子上的一条细金链子，坠子是一个小小的金质十字架。

塞缪尔·桑伯里的个头也不大。和他妻子一样，他也是一个身材瘦削精干的人，只不过他的头发是浅黄棕的沙砾色，如今已经稀稀拉拉的了，所以他只得把一边的头发留长，再小心地梳上去，好掩盖头顶光秃秃的窘相。他有一双淡蓝色的眼睛，脸色有些苍白。他在一家律师事务所担任书记职务，他也是从办公室的小听差一路奋力打拼，才得以坐上如今这个备受尊敬的位置。他的雇主叫他桑伯里先生，偶尔有一些无关紧要的客户，就让他负责去见见。二十四年来，每天一大早，当然除了礼拜天和每年去海滨度假的两个星期，塞缪尔·桑伯里就乘坐同一班火车赶往伦敦市中心，每天傍晚，他再乘坐同一班火车回到他郊区的住所。他的衣着非常干净整洁。他上班时的打扮是：一件黑色外套、一条素净的灰色长裤，头上戴一顶圆顶硬礼帽；一回到家，他的打扮就变成了：脚穿拖鞋，身穿一件磨光了的黑色旧外套，这衣服穿去上班已经不合适了；不过到了礼拜天，他跟桑伯里太太一起去小教堂时，他的打扮又变成了一件大礼服，头上还是戴着那顶圆顶硬礼帽。这样一来，他的衣着既体现出了他对礼拜日的尊重，同时又表达了对于某些人不敬神行为的抗议：那些骑自行车去教堂，甚或一直在街上闲荡等着小酒馆开门营业的行为。

原则上来讲，桑伯里夫妇都是绝对提倡禁酒的人，不过到了礼拜天，为了给塞缪尔补充营养，因为他每个工作日的午餐都很节俭：烤饼（也可直译为“司康”，是一种英国的一种特色茶点，用大麦或燕麦粉加苏打、糖、盐等烤制而成）、黄油外加一杯牛奶，贝阿特丽丝会为他准备一顿丰盛的正餐：烤牛肉加约克郡布丁（也译为“约克夏布丁”，是英国的一种传统美食，用牛奶、面粉、鸡蛋和烤牛肉的滴油等调制烘焙而成，经典的吃法就是搭配烤牛肉一起吃），而且为了他的健康考虑，她还会鼓励他喝一杯啤酒。由于她绝不容许自己的家里储存酒精饮料，因此每个礼拜天早上，他做完礼拜后，就会拿上一个水罐，悄悄走出家门，去街角的小酒馆里买上一夸脱啤酒；不过不管怎样，他都不愿意自己一个人喝酒，完全是出于礼尚往来的缘故，贝阿特丽丝也会陪着他喝上一杯。

赫伯特是他们夫妇唯一的儿子，是上帝的赐予之物，当然这绝不是他们有意节制生育的结果。只是他们刚好就只生了这么一个孩子。夫妻俩十分溺爱他。呱呱落地时，他是一个可爱的婴儿，然后又长成了一个漂亮的男孩。桑伯里太太对他的养育可说是精心细致至极的。她教他要端坐在桌前用餐，不许把两肘靠在桌上，她教他使用刀叉餐具，姿势就像个小绅士。她教他喝茶时要翘着尾指端茶杯，当他询问她这么做的原因时，她说：“这个你不用管。就得这么做才对。这就表示你知书达理，分得清是非曲直。”

赫伯特就这么循规蹈矩地长大了，他该上学了。桑伯里太太十分担心，因为她从来都不让他亲近街上的孩子。

“近朱者赤，近墨者黑。”她道，“我一直都是洁身自好，而且将来也会继续洁身自好下去。”

虽然自从结婚后，他们就一直住在这一幢房子里，可她一直在刻意疏远周围所有的邻居。

“你从来都不知道是些什么品性的人住在伦敦，”她道，“一桩事儿连着一桩事儿，还没等你回过神来，你就已经混在一大帮社会渣滓里去啦，到了那时，你就是想摆脱他们都摆脱不了。”

一想到赫伯特被扔到郡议会学校里，混在一大帮粗野孩子当中，她就很不高兴，于是她对他说：“赫伯特，你仔细听好，看着我怎么做，你就怎么做，一定要洁身自好，要尽量少接触那些外人。”

不过赫伯特在学校里和大家相处很融洽。他学习刻苦，而且脑子又很聪明，因此各门功课的成绩都很出色。此外，大家还发现他在数字上很有天分。

“如果这一切都是真的，”塞缪尔·桑伯里说，“他将来最好学习会计，做个会计师。一个优秀的会计师是不愁找不到好工作的。”

于是事情就这样决定了，赫伯特的前程就朝着会计师奔去了。他个头儿也长高不少了。

“嘿，赫伯特，”他妈妈说，“很快，你就能赶上你爸爸啦。”

当他从学校里毕业的时候，他的身高又长了两英寸，等他长足身量的时候，他的身高已经有五英尺十英寸了（大约一米七八）。

“这高度正合适，”他妈妈道，“高一点儿，矮一点儿，都不好看。”

他是个英俊潇洒的小伙子，他的五官像他母亲那样端正，头发颜色也像她一样深，不过他有着一双像父亲一样的蓝眼睛，虽然他的肤色有点太白了，但他的皮肤十分光滑洁净。在父亲塞缪尔·桑伯里的帮助下，他进入了那家每年两次为他父亲所在的律师行进行会计结算的会计事务所工作，等到他年满二十一岁（当时英国的法定成年年龄），他就能每周给他妈妈带来一笔小收入了，数目相当可观。每周他妈妈发给他三个半克朗硬币（英国旧币制单位，半克朗相当于两先令六便士）的午餐费，还有十个先令的零花钱，剩下的她都帮他存进储蓄银行，以备将来不时之需。

赫伯特二十一岁生日的那天晚上，桑伯里先生和太太上床以后——在这儿我得顺便说一句，桑伯里太太说起睡觉，从来都只说“就寝”，绝不会说“上床”二字，不过桑伯里先生就没有他妻子那么文雅了，他总习惯说：“我该去贝德福德了（原文是“Me for Bedford，贝德福德是英国中部贝德福德郡的首府，这是桑伯里先生对于‘上床’开玩笑的说法）。”

桑伯里先生和太太上床以后，桑伯里太太说：“有些人从来不知道自己有多幸运；感谢主，我知道。咱们赫伯特这个儿子真是再好不过啦。他从小到大都没生过什么毛病，而且一直都很听话，没让我操一点儿心。我真心想说的是，只要你找对了抚养孩子的方法，他们就能让你倍感骄傲。一想到他都二十一岁了，我简直不敢相信啊。”

“是呀，我想在咱们还稀里糊涂的时候，他就到了结婚成家的年龄，出去自立门户啦。”

“他怎么可能会有这样的念头？”桑伯里太太说，语气有些暴躁，“咱们的家很舒服，他住在这儿不好吗？塞缪尔，你可不许给他脑子里灌输这种愚蠢的念头，否则你跟我的日子就会吵得没法安宁，你也知道我最不愿意看到这种情况。结婚成家，瞧你说的！他脑子可不傻，绝不可能有这种愚蠢的念头。他清楚舒服富裕的的生活该是什么样子。他有脑子，赫伯特可聪明啦。”

桑伯里先生默不作声。他早就知道跟贝阿特丽丝回嘴，只能是白费口水。

“我认为，一个男人如果还没有自己成熟的想法，就不该急着结婚，”她继续说，“而一个男人只有到了三十五岁，才会有他成熟的想法和真正的主见。”

“对于自己的现状，他倒是一直挺满意。”桑伯里先生不想再继续原来的话题。

“他确实没什么理由不满意。”桑伯里太太说，语气中仍旧有些烦躁不安。

对儿子，夫妻俩一直都很慷慨大方。桑伯里先生给他的生日礼物是一块银质的腕表，指针是夜光的，再黑的夜里都能看见时间；而桑伯里太太给他的礼物则是一个风筝。这当然不是她送他的第一个风筝，早在他七岁时，她就送了他第一个风筝。事情的缘起是这样的：在他们住所的附近，有一块面积很大的公共绿地，每到礼拜六下午，如果天气不错，桑伯里太太就会带着丈夫和儿子去那儿散散步。她说塞缪尔在办公室里整整关了一个礼拜，每天都呼吸着污浊的空气，应该去呼吸一下新鲜空气，对身体大有好处。公共绿地上的人总是很多，不过像桑伯里太太这种习惯洁身自好的上等人，总是尽可能离人群远远的。

“看它们风筝，妈妈。”有一天，赫伯特突然叫道。

那天的风轻柔地吹着，有几只风筝，有大有小，翱翔在空中。

“不能说‘它们’，要说‘那些’才对，赫伯特。”桑伯里太太纠正道。

“你想知道它们是从哪儿放起来的吗，赫伯特？”他父亲问道。

“噢，是的，爸爸。”

在公共绿地的中央，有一个小缓坡，一家人走到缓坡前的时候，看到几个男孩儿、女孩儿，还有几个大人正快步冲下缓坡，好给手上的风筝一个动力，让它吃住风。如果风筝没有吃住风，就会掉到地上；如果风筝吃住了风，就会升起来，放风筝的人就要赶紧放开手里的风筝线，让风筝能够扶摇直上，越飞越高。看着这一切，赫伯特简直是心醉神迷。

“妈妈，我想要个风筝，可以吗?”他叫道。

他已经知道，如果他想要什么东西，最好是先朝妈妈开口。

“你为什么想要风筝呢?”妈妈问道。

“放呀，妈妈。”

“真是牙尖嘴利，也不怕割伤自己。”她道。

桑伯里先生和太太的眼神越过小男孩儿的头顶，碰撞在一起，会心地笑了。想想看，他都开始迷上风筝了。真是长大了啊。

“你要是答应做个好孩子，每天早上自己主动去刷牙，而不用我来提醒，或许到了圣诞节，圣诞老人会给你带个风筝来也说不定。”

桑伯里太太说这话的时候就已经快要到圣诞节了。果然在圣诞节那天，圣诞老人给赫伯特带来了他的第一个风筝。一开始他操作得并不太顺利，桑伯里先生不得不亲自跑下山坡，先帮他把风筝升到天空去。那个风筝很小，但当赫伯特眼看着它在天空中越飞越高，感觉到它拽动手里风筝线的小小拉力时，他真是激动极了，陶醉不已。

从那以后，每到礼拜六下午，等他父亲一从城里回来，他就缠着父母，让他们赶快陪他去公共绿地上放风筝。他很快就掌握了放风筝的要领，桑伯里先生和太太总是在一旁亲切地看着他，看着他跑下那个小坡，当他们看着风筝很快吃住风，他手里的风筝线渐渐放长时，他们的心里都感到十分骄傲。

放风筝成了赫伯特最钟爱的游戏，随着他渐渐长大，个头也不断长高，他妈妈给他买的风筝也越来越大。他十分擅长估计和利用风向、风速，掌控风筝的技术也十分娴熟，做出的事情简直让人觉得不可思议。公共绿地上也有其他人在放风筝，不仅有孩童，也有大人，共同的爱好最容易拉近人们彼此之间的距离了，尽管桑伯里太太一直表现出一副孤高冷淡的样子，但没过多久她还是发现，她、她的塞缪尔，还有她儿子，都跟各种各样的人有了一点交往。他们会拿各自的风筝相互做比较，夸耀自己的过人成就。有时候赫伯特，当然如今他已经长成一个十六岁的大小伙子了，会挑战另一位放风筝的好手。他会施展计谋，故意让他的风筝迎风追上对手的风筝，让自己的风筝线缠住对手的风筝线，然后突然用力一拉自己的风筝线，就把对手的风筝拉掉了下来。在这之前很久，桑伯里先生自己也被儿子的热情感染，从而也喜欢上了放风筝，他经常会要求自己亲自去放一次风筝。看到他一副正人君子的装扮：黑色外套、条纹西裤、头戴圆顶硬礼帽，却一路冲下小山头，那画面真是相当滑稽的。桑伯里太太也会不失尊严地紧随其后，一路小跑，等风筝平稳地升到高空以后，她会从他手里接过风筝线，抬起头，仰望着在空中翱翔的风筝。

对于桑伯里先生一家三口来说，一周当中最为盛大的日子非礼拜六的下午莫属了。到了那天早晨，桑伯里先生和赫伯特离开家去乘坐开往城里的火车时，他们习惯做的第一件事，就是抬头望天，看看那天是不是一个放风筝的好天气。他们最喜欢天上刮点风了，因为风向的不确定，恰恰能帮助他们更好地演练技能。整整一个礼拜，每天傍晚回到家，他们都在讨论这个话题。对于那些比他们的小的风筝，他们很鄙视；对于那些比他们的大的风筝，他们则十分羡慕。当他们讨论起其他放风筝的人的表现时，总是一副激烈而又轻蔑的模样，那感觉就跟拳击手或足球运动员谈起他们的对手时一个样。他们有一个共同的野心，就是拥有一个世界上最大的风筝，能飞得高高的，让其他所有的风筝都赶不上。他们早就看不上普通的风筝线了，因为他们送给赫伯特作为二十一岁生日礼物的那个风筝足足高达七英尺，他们在一面小鼓上缠上钢琴的钢丝当做风筝线。可是赫伯特还是觉得不够大。他不知道听哪个人提到过，有人已经发明了一种立体的箱形风筝，他马上就陷入了对这种风筝的极大渴望中。他觉得这种类型的风筝，他自己也能设计出来，由于他自己多少懂一点绘图，于是立刻开始着手设计。他做了一个小型的模型，并在一天下午把模型拿出去试放，可惜没有成功。他是个从小就很倔强、执拗的孩子，决不肯轻易认输。既然他的设计还有什么没弄好的地方，那他就痛下决心要修正错误，直到把它给做正确。

渐渐地，他们的生活开始出现了一点不太让人高兴的变化。晚饭后，赫伯特开始不喜欢待在家里。桑伯里太太有点儿不高兴，不过在桑伯里先生劝说下，她也就随他去了。毕竟，这孩子都二十二岁了，他肯定也厌烦了天天待在家里。如果他想去外面散散心，或是看场电影，这也没什么不好。

赫伯特恋爱了。在一个礼拜六的傍晚，一家三口照常在公共绿地上开心地玩了一会儿，然后回到家，围着饭桌吃晚饭的时候，他突然出人意料地说：“妈妈，我明天将邀请一位年轻女士来家里喝茶。行吗？”

“你什么?”这话太让人意外了，以至于桑伯里太太一时间都忘了正确的语法。

“我说过了，妈妈。”

“我能问一下，她是谁，你们是怎么认识的吗?”

“她姓贝文，贝蒂·贝文，我们是在一个礼拜六下午看电影时认识的，那天是个下雨天。她刚好就坐在我旁边的位子上，她把手提包掉在了地上，我捡起来还给她，她对我道谢，我们很自然就聊了起来。”

“你是想告诉我，你掉进了这么老套的一个圈套里吗?把手提包掉地上了，你听听!”

“您想到哪儿去了，妈妈，她人真的不错，而且看得出来也受过良好的教育。”

“是什么时候发生的这事儿?”

“差不多三个月了吧。”

“噢，你们三个月前就认识了，现在才邀请她明天来家里喝茶?”

“瞧您说的，我俩那次认识后，自然也又见过几次面。我刚认识她的那一天，我们看完了电影，我就邀请她礼拜二傍晚再陪我看一场电影，她说她不确定，或许没问题，或许不行。不过最终她还是来了。”

“那是肯定的。我早该给你点儿提醒的。”

“从那以后，我们几乎每周都一起看两场电影。”

“你最近这么频繁外出，就是这个原因喽？”

“没错。不过，您听我说，我并不想强迫您接受她，如果您不希望她来家里喝茶的话，我就推说您头疼，带她出去好了。”

“你妈妈当然希望让她来家里喝茶，”桑伯里先生说，“你说呢，亲爱的？但你知道，你妈妈不习惯接触陌生人。她一向都不喜欢与别人打交道。”

“我不过是希望洁身自好，”桑伯里太太脸色阴沉，说，“她是做什么工作的？”

“她在城里一家打字事务所里工作，住在家里，如果您认为那个也叫家的话。您看，她妈妈去世后，她爸爸又娶了个妻子，又生了三个孩子，她跟她后妈不对付。听她说，她后妈总在不断地埋怨、抱怨，几次三番地找她的麻烦。”

为了这次茶会，桑伯里太太把起居室布置得非常时髦讲究。起居室里有一张他们从来没用过的小桌子，她清空了桌子上的小摆设，在上面铺了一块台布，摆上了他们同样从来都没用过的镀金茶壶和整套茶具，然后她烤了个蛋糕，做了烤饼和切成薄片的黄油面包。

“咱们可不是普通人家，我要让她明白这点儿。”她把她的想法告诉了她的塞缪尔。

赫伯特去接贝文小姐，桑伯里先生特意守在门口，好迎接他们，以免赫伯特带她去到他们平常吃饭喝茶的餐厅。赫伯特带着那位年轻的小姐走进起居室后，看到眼前精心布置的茶桌时，吃了一惊。

“这就是贝蒂，妈妈。”他把她介绍给他们。

“我觉得，还是叫贝文小姐吧。”桑伯里太太道。

“是的，不过您叫我贝蒂就行，可以吗？”

“第一次见面就这么称呼，好像有点太早了吧，”桑伯里太太露出了一个亲切的微笑，道，“你就这么站着吗，贝文小姐?”

这感觉真是奇怪，或者也许根本就没什么值得奇怪的，贝蒂·贝文看起来非常像年轻时候的桑伯里太太。她的五官同样线条清晰、轮廓分明，她的眼睛同样小而像珠子般浑圆、明亮，唯一的区别是，她嘴唇上涂着鲜红的唇膏，两颊上也淡淡地抹了层腮红，另外，她的头发很短，是黑色的自来卷。桑伯里太太只瞥了她一眼，就将所有这一切一览无余，她能精确地估算出她身上那件时髦的人造丝裙子的价钱，甚至精确到几便士，还有她脚上那双高得吓人的恨天高鞋子和头上那顶轻浮的帽子。她的裙摆很短，一大截肉色的玻璃丝袜露了出来。对于她的妆容和她的衣着，桑伯里太太十分不认同，并立即对她这个人产生了反感，不过她已经下定决心要表现得像一位贵夫人，如果她都不知道一位贵夫人该如何表现的话，那世界上就没人知道了，所以，一开始一切看起来都不错。她斟好了茶，让赫伯特端起一杯，递给了他女朋友。

“这里有黄油面包和烤饼，问问贝文小姐要不要用一点儿，塞缪尔，亲爱的。”

“都来点儿吧，”塞缪尔道，直接端起两个盘子递给了她，他从来都是那么粗率，“我喜欢看人大快朵颐。”

贝蒂有些犹豫地拿了一片黄油面包和一块烤饼，放到自己的茶碟里，桑伯里太太热情和蔼地谈起了天气。看到贝蒂越来越坐立不安，她心里十分得意。然后她切开了蛋糕，递给她的客人很大一块蛋糕。贝蒂咬了一口，当她把蛋糕放进自己的茶碟里时，不小心把蛋糕掉到了地上。

“噢，真是对不起。”姑娘赶忙捡起蛋糕，道。

“没关系，别在意，我再给你切一块。”桑伯里太太道。

“噢，不必麻烦了，我不是一个挑剔的人。再说地板很干净。”

“但愿如此，”桑伯里太太说，她的微笑看起来有点尖酸，“不过不管怎么说，也不能让你吃一块掉到地上的蛋糕。赫伯特，把它拿过来，我再给贝文小姐切一块。”

“不用了，桑伯里太太，我真的吃饱了。”

“真让人遗憾，你不喜欢我的蛋糕。我可是专门为你烤的。”她尝了一口蛋糕，“我觉得味道还行呀。”

“我不是这个意思，桑伯里太太，这个蛋糕很漂亮，只是我一点都不饿。”

她谢绝再喝茶，而且她似乎很庆幸已经喝完了给她的那一杯，桑伯里太太看出来了这点。“我猜，他们家可能就在厨房里吃饭。”她心下暗道。这时，赫伯特点燃了一根香烟。

“也给我一根吧，赫伯，”贝蒂道，“我真想马上来上一口。”

桑伯里太太很不喜欢女性吸烟，不过她没有发表意见，只是略微抬了抬眉毛。

“我们更愿意叫他赫伯特，贝文小姐。”桑伯里太太道。

贝蒂脑子可不蠢，她看得出来，桑伯里太太一直都在想方设法地为难她，现在她可找到机会反击回去了。

“我知道，”她道，“他告诉我他的名字叫赫伯特的时候，我差一点哈哈大笑。一想到他竟然被叫做赫伯特，我就觉得特别滑稽。”

“真是遗憾，你不喜欢我儿子受洗时取的教名。我倒觉得这个名字不错。不过我想，这或许取决于你出身的阶层。”

赫伯特打算英雄救美了，于是插嘴道：“妈妈，在事务所，大家都叫我伯蒂。”

“那么我只能说，他们都是一群庸俗之人。”

桑伯里太太沉着脸，默不作声，现场的气氛明显变得有些尴尬，于是桑伯里先生和赫伯特赶紧负责打圆场。桑伯里太太感觉得出来，贝蒂被自己激怒了，但她觉得这感觉真不错。她还觉察到那姑娘很想离开，但又不知道该如何开口。她决定不管她。最终，还是赫伯特接手了这个难题。

“好了，贝蒂，我觉得我们待的时间差不多了，”他道，“我送你回去。”

“要准备走了吗?”桑伯里太太道，站起身来，“我很荣幸，你能光临寒舍。”

“小东西真是漂亮。”两位年轻人出门后，桑伯里先生试探着说了一句。

“漂亮个鬼。看看她脸上抹的那一堆脂粉。她要是洗干净脸、不烫卷头发，气质肯定会大不一样，我说的肯定不会错。粗俗，一点没错，就跟泥土一样粗俗不堪。”

一个钟头以后，赫伯特回到了家。他十分生气。

“我说，妈妈，你为什么要这么对待这个可怜的姑娘?你真让我觉得羞耻。”

“你怎么能这么跟你母亲说话，赫伯特，”她勃然大怒道，“你根本就不应该带这么个女人来到我的家里。她太粗俗了，就像泥土一样粗俗不堪。”

当桑伯里太太大发雷霆的时候，不仅是她的语法会出现错乱，她的声音都会有些变调。但听到她说的这番话，赫伯特丝毫没放在心上。

“她说她这辈子都没被人这样侮辱过。我费了九牛二虎之力，才算安抚好她。”

“哼，我就实话告诉你吧，她永远别想再踏进这个家里一步。”

“这不过是你的想法罢了。我们已经订婚了，所以你自己看着办吧。”

桑伯里太太倒吸了一口冷气。

“你说的是真的?”

“没错儿，我说的是真的。实话告诉你，我已经考虑很长一段时间了，又碰上她今晚这么心烦意乱，所以我就正式向她求婚了，为了说服她，我可费了好大的劲儿。”

“你这个蠢货，”桑伯里太太发出了一声尖叫，“笨蛋。”

接下来真是一个相当难看的场面。桑伯里太太跟她儿子吵得不可开交，每当可怜的塞缪尔想充当一个和事佬，奉劝他们息事宁人的时候，都会被母子俩粗暴地吼叫“闭嘴”。最后，赫伯特怒气冲冲地走出了房间、奔出了大门，桑伯里太太则气得号啕大哭。

第二天，对于昨天的事儿，谁都没再提起。桑伯里太太对待赫伯特的态度冷冰冰的，十分客气，赫伯特则沉着脸，一言不发。一吃过晚饭，他就出门去了。礼拜六那天，他对父母说，因为他当天下午要去订婚，所以无法跟他们一起去公共绿地了。

“我敢说，缺了你，我们照样对付得了。”桑伯里太太冷冷地道。

一家三口通常去海边度两周假期的时间就要到了。他们以前一直去的是荷恩湾（英国东南肯特郡的一个海边城镇），因为桑伯里太太说那儿是上层社会的人士的度假胜地，而且多年以来他们一直租住在同一间寓所。有天傍晚，赫伯特努力让自己的口气轻描淡写:“顺便告诉您一声，妈妈，您最好给他们写一封信，说今年不必预订我的房间了。我和贝蒂马上就要结婚了，我们把蜜月地点选在骚森德(英国东南埃塞克斯郡的滨海城镇，是旅游胜地)。”

有那么一会儿，房间陷入了死一般沉寂。

“你不觉得太突然了吗，赫伯特?”桑伯里先生忐忑不安地道。

“嗯，贝蒂的事务所最近在裁员，她被裁掉了，所以我们就想着最好马上结婚。我们已经看中了戴比尼街上的一套两居室，交了订金，现在正用我储蓄银行里的钱置备家具呢。”

桑伯里太太一言不发。她面色煞白，眼泪不断滑过她瘦削的面颊。

“噢，妈妈，别这样，它不是什么大不了的事儿，”赫伯特道，“男人长到一定年龄，总归是要成家的。要是爸爸没和您结婚，也就没有现在的我了，对吧?”

桑伯里太太用手飞快地抹掉眼泪，烦躁地说道:“不是你爸爸和我结婚，是我和他结的婚。我知道他诚实可靠，品行端正，是一个做好丈夫和好父亲的材料。我从来没后悔过我的这个选择，你爸爸也一样。我说的对不对，塞缪尔?”

“你说得对极了，贝阿特丽丝。”他马上道。

“您知道，如果您了解了贝蒂，您会喜欢她的。她人真的不错，真的不错。我相信，您会发现你俩有很多相似的地方。不过，您首先得给她个机会呀，妈妈。”

“除非我死了，否则她永远别想再踏进这幢房子一步。”

“你真是不可理喻，妈妈。只要您能够通情达理地想想，一切和以前其实没什么变化呀?我是说，我们还可以像以前一样，在礼拜六一起去放风筝。只不过这一次是我订婚的日子，所以我没办法陪你们一起去。您看，她现在还没发现放风筝的乐趣，不过她会发现的，等我们结了婚，情况就不一样了，我是说，我还是可以过来陪您和爸爸放风筝，这才符合情理啊。”

“这只是你一个人这么想而已。好吧，我郑重告诉你，如果你娶了那个女人，你就没资格再来放我的风筝了。我可从来就没把它送给你，这是我省出家务开支里的钱买的风筝，它只属于我，听清楚了吗?”

“那好吧，你就自己玩吧。反正贝蒂说是小孩子才玩那种东西，我自己倒是真该觉得羞愧的，都这么大了，还整天惦记着放风筝。”

他站起身来，再一次气冲冲地大步走出了家门。两周之后，他就和贝蒂结了婚。桑伯里太太拒不参加他的婚礼，也不允许塞缪尔参加。他们照常去了海边度假，度完假回到了家，然后照样过日子。一到礼拜六下午，他们就自己前往公共绿地，去放他们那个巨大的风筝。桑伯里太太对她儿子的名字绝口不提。她决心这辈子都不宽恕他。不过桑伯里先生在乘坐早班火车上时常常碰到他，因为父子俩每天都乘坐同一班列车，两人挤进同一节车厢的时候，难免会闲聊几句。有天早上，桑伯里先生抬头看了看天。

“今天天气不错，很适合放风筝。”他道。

“您跟妈妈还坚持放风筝吗?”

“你说呢？她如今放风筝的技术跟我一样好了。你真应该瞧瞧她别起裙子，从小山坡上跑下来的那个模样。我这么跟你说吧，我还真不知道她还有这个能耐呢。跑？嘿，她跑起来得比我都好。”

“你就别逗我了，爸爸!”

“我有点儿纳闷，你居然没为自己买个风筝，赫伯特。你从小就特别喜欢风筝。”

“你说得没错。我也确实跟贝蒂提过一次，可您知道女人都是那个样子，贝蒂说：‘别这么幼稚啦。’噢，我真不明白这到底是怎么啦。我想要的当然不是那些小孩子玩的风筝，但大风筝的花费确实不小。我们刚开始选家具的时候，贝蒂说，从长远考虑，买最好的反而更划算，所以我们买家具的方式是分期付款，每月付给家具商一笔钱外带租金，所以我的薪水也就只能勉强维持我们的开销。人家都说两个人一起生活的花销，并不会比一个人生活的花销大，可迄今为止，我一点儿也没感觉出来。”

“她没有工作吗？”

“噢，是呀，她说她辛苦工作了这么多年，现在终于结了婚，她打算歇一歇，而且也总得有人在家里打扫房间和烧饭吧。”

就这样，半年的时间过去了，然后在一个礼拜六的下午，当桑伯里夫妇正像往常一样在公共绿地上放风筝的时候，桑伯里太太对她丈夫道：“你看到了吗，塞缪尔？”

“我看到赫伯特了，如果你想说的是这个的话。我觉得这可能只会让你心烦，所以就没跟你提。”

“别跟他讲话。就假装你没看见他。”

在那帮无所事事站在一旁看热闹的人中，就站着赫伯特。他并没有跟他父母搭话的打算，不过他的眼睛一直紧紧盯着那只过去一直由他放飞的巨大的风筝，桑伯里太太自然也注意到了这一点。天气开始变冷了，桑伯里夫妇也就回家去了。一种恶意的兴奋出现在桑伯里太太的脸上。

“下礼拜六，不知道他还会不会来。”塞缪尔道。

“如果我不是认为打赌不对的话，我会出六个便士跟你打赌，他肯定会来，塞缪尔。我一直等的就是这一天呀。”

“你说的是真的？”

“我从一开始就知道，他是绝对不可能放下这件事的。”

她说得对极了。下一个礼拜六，以及从那以后的每个礼拜六，只要是个好天，公共绿地上就一定会出现赫伯特的身影。他们之间并没有说过话。他只是站在那儿，看着他们放风筝，看一会儿后就溜达着走开了。不过当这样的情形持续了几个礼拜之后，桑伯里夫妇带给他了一个惊喜。

他们这一次带来的风筝不是那个他过去经常放的那个，而是一个全新的箱形风筝，个头不大，就是比着他过去亲自设计的那个模型制作的。他看到这个风筝在那些放风筝的人群中引起了轰动，大家满怀好奇地围着它看，桑伯里太太则兴致勃勃地在一旁解说。塞缪尔第一次跑下那个山坡时，那风筝并没有吃住风，而是悲惨地掉了下来，砰的一声摔到了地上，赫伯特紧张极了，死死攥着拳头，狠狠地咬着牙关。看着它从空中跌落，他真觉得特别难受。桑伯里先生重新爬上那个小山头，开始第二次试飞，这次箱形风筝终于成功地吃住了风。看热闹的人群中纷纷为他喝彩。桑伯里先生放了一会儿，就把风筝拽了下来，拿着它回到了小山头上。这时，桑伯里太太走到了她儿子面前。

“赫伯特，你想试试吗?”

赫伯特激动极了，几乎喘不过气来。

“是的，妈妈，我想。”

“这不过是个小型的，因为他们说你得学会掌控它才行。它和咱们原来放的那种风筝不一样。不过我们已经完成了制作一个大型风筝的设计图，而且他们还说，只要你熟悉了它的性能，再遇上合适的风向，它就能飞到两英里那么高。”

桑伯里先生也走了过来。

“塞缪尔，赫伯特想试着放一放这个风筝。”

桑伯里先生把风筝递给了儿子，脸上浮现出满意的微笑。赫伯特摘下帽子，请他妈妈帮他拿着。然后他从山坡上快速冲下来，风筝非常饱满地吃住了风，当他看着它在天空中越飞越高时，心里真是欣喜若狂。看到那个小小的黑色风筝自由自在地飞翔在天空中，那感觉真是美妙极了，在欣喜之余，他还开始在脑子里想象那个正在制作当中的了不起的大风筝。他们以前可从来做不到这一点。妈妈说，能在空中放飞到两英里那么高。哇噢!

“赫伯特，你要不要回家来喝杯茶呢?”桑伯里太太道，“我们正好可以让你瞧瞧我们订制的新风筝的设计图。说不定你还能给点儿建议呢。”

他迟疑了片刻。他跟贝蒂说他只是出来走动走动，活动一下腿脚，她并不知道他每个礼拜都来公共绿地的事，而且她还在家里等着他呢。可这真是一个让人无法拒绝的诱惑。

“我倒是无所谓。”他道。

喝完茶后，他们就开始研究设计图。这个风筝堪称巨大，里面配置的各种小配件他连见都没见过，这肯定得花很多钱。

“要是你们自己，永远都甭想放飞它。”他道。

“我们可以试一试。”

“如果我在一开始的时候帮你们一下，我想你们会不乐意吧？”他的语气有些不确定。

“这主意听起来不坏。”桑伯里太太道。

他很晚才回到家，而且比他预期的要晚很多，贝蒂十分生气。

“你到底上哪儿去啦，赫伯？我简直以为你死在哪儿了呢。我一早就做好了晚饭，就等着你回来吃了。”

“我遇到了几位朋友，聊了一会儿。”

她看了他一眼，眼神十分锐利，不过她没有吭声。她在生闷气。

吃了晚饭，他提议他们出去看一场电影，可是她没有答应。“你愿意去就去，”她道，“但我不想去。”

到了下个礼拜六，他又去了公共绿地，他母亲又让他放风筝。新风筝的订单已经正式发出了，三个礼拜之后应该就能到手。不一会儿，他母亲告诉他：“我看见伊丽莎白了。”

“贝蒂？”

“在调查你。”

他又惊又怒，不过他还是装出一副浑然不怕的架势。

“让她去调查好了。我不在乎。”

嘴上虽这么说，其实他心里还是十分忐忑的，因此就没跟他父母回去喝茶，而是直接回了家。贝蒂正在家里等着他。

“原来跟你聊天的朋友就是风筝啊。我早就怀疑你了，自从你每个礼拜六都出去散步，然后突然有一天，我就什么都明白了。你，一个成年男人，居然去放风筝。我真是觉得可鄙可笑至极。”

“我才不管你怎么觉得呢。我就是喜欢，就算你再不喜欢，你也得忍着。”

“我实话告诉你吧，我绝不会忍着的。我可不想看着你像个傻瓜一样，在众人面前丢脸出丑。”

“从我小时候开始，我就习惯在每个礼拜六下午去放风筝，只要我乐意，我随时都可以继续去放。”

“肯定是那个老婊子的主意，她一心只想着把你从我身边夺回去。我知道她在打什么主意。在她那样对待我以后，你要是还是个男人，就永远不要再跟她说一个字。”

“你那样说她，我绝不允许。她是我母亲，只要我乐意，我随时都可以去看她。”

他们一个钟头接一个钟头地争吵，简直没完没了。贝蒂朝他拼命尖叫，赫伯特也冲她发狂般地大吼大叫。他们之前也因为一些鸡毛蒜皮的小事起过争执，因为他们俩的脾气都很固执，不过这次才是他们第一次真正意义上的吵架。礼拜天，两个人相互不理睬，在接下来的这个星期，他们俩之间虽然表面上看起来和和气气，不过彼此肚子里都装满了怨气。很凑巧，接下来的两个礼拜六的天气都很差，下着瓢泼大雨。贝蒂看到外面大雨滂沱的样子，心里十分得意，尽管赫伯特的心里十分失望，但他却丝毫没有把心思表现在脸上。他们渐渐淡忘了那次争吵。他们的房子也就只有两个房间，而且每晚都睡在一张床上，两个人自然觉得，最好还是忘掉他们之间的分歧。贝蒂费尽心思讨好她的赫伯，而且她觉得，他现在已经尝到了她牙尖嘴利的厉害，知道她可不好惹，也不会被任何人所蒙蔽，他应该就会通情达理了。其实，单就他本人来看，他算得上是一个好丈夫，在钱财上不计较，而且品行端正可靠。只要花上一点时间，她一定能驯服他，让他服服帖帖的。

可是坏天气在持续了两周后，最终还是迎来了一个晴天。

“看起来明天会是个好天气，适合放风筝，”在站台上等候早班火车时，父子俩碰面了，桑伯里先生道，“新风筝已经送来了。”

“真的?”

“你妈妈说，如果你能过来帮我们试放，我们当然会很高兴，不过谁都无权硬插到一对夫妻中间，对他们横加干涉，我的意思是，你如果害怕贝蒂知道后跟你大吵大闹，你最好还是别来了。我们在公共绿地上认识了一个年轻小伙子，因为特别喜欢我们这个风筝，他说如果有人能放飞它的话，那个人肯定是他。”

赫伯特听了父亲的话，心里嫉妒得发狂。

“不，别让任何生人碰我们的风筝，我绝不允许。我到时候一定会来的。”

“噢，那你好好想想吧，赫伯特，如果你来不了，我们也不会怪你的。”

“我肯定会来。”赫伯特道。

于是第二天，他从城里下班回家后，马上脱掉了上班的正装，换上了一件旧外套和一条宽松的裤子。贝蒂走进卧室。

“你在做什么呢?”

“换衣服。”他兴高采烈地回答。他实在是太激动了，都没办法瞒着贝蒂了，“他们的新风筝已经送到了，我要去放风筝。”

“噢，不，你不准去，”她道，“我不答应。”

“别闹了，贝蒂。我必须去，我跟你说，如果你实在讨厌风筝，那你就干点别的吧。”

“我不准你去，我绝不允许。”

她用力关上门，然后站到门前阻挡着他，不让他出门。她两眼冒着恶狠狠的光，紧紧地绷着下巴。她是个身材娇小的弱女子，而他是个高大健壮的大男人。所以他很轻易地抓住了她的两只胳膊，把她从门前推开了，而她也回报了他——她狠狠地踢了他小腿一脚。

“你是不是想要我冲着你下巴来上一拳？”

“你要是敢走出这个家门，就别再回来。”她声嘶力竭地喊道。

他一把抱起她，无视她的拼命挣扎、手打脚踢，把她狠狠地扔到了床上，然后开门出去了。

这个新的箱形风筝一出现在公共绿地上，就引起了很大的骚动，尽管原先小个儿的箱形风筝出现时也曾引起了一番骚动，但和这次比起来简直是小儿科。不过这个风筝确实不好掌控，虽然他们已经跑得精疲力竭，而且其他风筝高手们也都热心地给予了最大的帮助，赫伯特还是没能让它飞起来。

“没关系，”他说，“只要多试几次，我们肯定能掌握窍门的。今天的风向不太理想，问题就出在这儿。”

和以前一样，他跟他爸妈一起回到家，他们一边喝茶，一边就新风筝的细节做详细的讨论。他一直在拖延时间，不愿意离开，因为他不知道回家后，贝蒂又会怎样跟他大吵大闹，不过看到桑伯里太太走进厨房去准备晚餐时，他知道他必须得离开了。

他回到家，贝蒂在看报纸。她抬起头，瞥了他一眼。

“你的行李已经收拾好了。”她道。

“我的什么?”

“我说得很清楚了。我说过，你要是敢走出家门，就没必要再回来了。我忘了你在这儿还有东西。不过我都帮你收拾好了。行李就放在卧室。”

他吃惊地看着她，看了好一会儿。她装作不在意的样子，继续看着手中的报纸。他真想拎起她，狠狠地揍她一顿。

“好吧，只要你愿意，我无所谓。”他道。

他走进卧室。卧室里放着一个手提箱，里面有他的衣服，箱子旁边还有一个棕色的纸袋，塞满了除了他其余的所有东西。他一只手拎着手提箱，另一只手抱着那个纸袋子，默默地穿过起居室，走出了自己的家门。他来到父母的房子前，按响了门铃。桑伯里太太打开了门。

“妈妈，我要回家住啦。”他道。

“你说真的吗，赫伯特？你的房间早就准备好了。快进来，赶紧放下你手里的东西。我们刚刚准备吃晚饭呢。”母子俩走进餐厅，“塞缪尔，赫伯特要回家住啦。你赶紧的，出门去买一夸脱啤酒来。”

他用吃晚饭的时间，以及当晚剩余的时间，把他跟贝蒂之间闹的别扭一句不落地告诉了他们。

“噢，你能摆脱她，你应该觉得庆幸，赫伯特，”桑伯里太太听他讲完以后道，“我早就告诫过你，她绝对不是做你妻子的合适人选。粗俗，她简直像是泥土一样粗俗不堪，而你从小到大都一直在这么高雅的环境里。”

他发现睡在自己床上的感觉好极了，这是他从小到大一直睡着的床，并且他还发现另外一件让他感到很惬意的事：礼拜天一早醒来后，他可以不刮胡子、不洗脸，直接就下楼去吃早饭，还可以边吃边看《世界新闻》。

“咱们今天早上就不去做礼拜啦，”桑伯里太太道，“我想你现在已经够心烦的了，赫伯特，咱们今天就一起出去散散心吧。”

在接下来的这个礼拜里，他们把大多数时间都用来讨论两件事：风筝和贝蒂。关于贝蒂，他们讨论的重点是她接下来会有什么举动。

“为了让你回去，她会想尽一切办法。”桑伯里太太道。

“她别做梦了。”赫伯特道。

“你得付给她一点儿生活费。”他父亲道。

“凭什么他要付她生活费?”桑伯里太太叫道，“她设下一个圈套，诱使他娶了她，而如今她还把他赶出了那个他一手创建的家。”

“只要她别来烦我，该给她的，我一分钱都不会少。”

他觉得每天的日子变得越来越舒服，事实上他已经产生了一种他从来就没有离开过家的感觉，他就像只小狗一样，安安稳稳地待在那个为它特制的舒适篮筐里；他的衣物、鞋袜自有他妈妈帮他洗刷、修补，这种感觉真是好极了；他妈妈提供给他的食物，都是他一直习惯了的而且是他最喜欢吃的东西；贝蒂的厨艺真是太勉强了，一开始下厨的时候还算兴致高昂，比如搞个野餐之类的，但一个男人可不会真心喜欢那种饮食方式，而且他从小到大都秉持他妈妈的观念，认为比起买来的罐头食品，新鲜现做的食物真是好太多了。他已经厌烦了每天吃罐头三文鱼的日子。除此以外，比起只能禁闭在两个小房间里的日子，尤其是其中一小间还得兼做厨房之用，如今有了可以自由走动的充足的家居空间，也让人觉得舒服多了。

“当时贸然离开家了，真是我这辈子犯过的最大的错误了，妈妈。”有一次他对桑伯里太太这么说道。

“这个我当然清楚，赫伯特，不过你现在已经回来了，你就没什么理由再次离开家了。”

每周五是他领薪水的日子，那天傍晚，他们刚刚吃完晚饭，门铃就响了起来。

“她来了。”他们不约而同地说道。

赫伯特的脸色一下子就变得惨白。他母亲瞧了瞧他。

“还是我来吧，”她道，“我来替你招呼她。”

她打开房门。门廊上正站着贝蒂，她想挤进门去，但桑伯里太太挡着门，不让她进去。

“我要见赫伯。”

“不行。他不在。”

“不，他在。我亲眼看见他和他爸爸一起进的门，然后就再也没出来。”

“他不想看见你，如果你继续在这里胡搅蛮缠，我就要打电话叫警察了。”

“他得给我这个礼拜的生活费。”

“你想见他，原来就是这个目的啊。”她掏出自己的钱包，“拿去吧，这里有三十五先令。”

“三十五先令？一个礼拜的租金就得要十二先令。”

“我能给你的就这么多了，他在这儿吃饭也得掏点钱，对吧？”

“还有家具的分期付款呢。”

“到该付款的时候，我们自然会料理。你到底要不要这钱?”

贝蒂站在那儿，似乎受到了惊吓，脸上的表情既迷惑又不满，她不知道该走还是该留，一副手足无措的样子。桑伯里太太把钱往她手里一塞，砰的一声直接关上了门，门差点撞到贝蒂的脸，然后回到餐厅。

“我好好收拾了她一顿，收拾得她老老实实的。”她道。

门铃又响了起来，一遍又一遍地响，没完没了地响，可是谁都当做没听见，过了一会儿，门铃也就不响了。他们猜想，贝蒂终于离开了。

第二天的天气不错，风速也刚好合适，赫伯特在两三次试飞失败后，最终掌握了放飞那个巨大的箱形风筝的窍门。它顺利地飞上了天，随着他不断地放开风筝线，它更是扶摇直上，越飞越高。

“哇噢，它居然飞到了一英里那么高，而且感觉比一英里还高一些。”他对他母亲兴奋地说道。

他陶醉其中，激动不已，这是他这辈子从没有过的一种感觉。

几个礼拜过去了。他们经过仔细斟酌，决定写一封信给贝蒂，由赫伯特亲笔书写，目的是郑重告诫她，只要她别来骚扰他或是他家庭的成员，她就能在每周六上午收到三十五先令的汇款单，而且家具的分期付款他也会按时付清。一开始，桑伯里太太是坚决反对这一条的，不过桑伯里先生有生以来第一次提出了不同意见，而且赫伯特也认同这样的做法，桑伯里太太也就不反对了。

这时候，赫伯特已经完全掌握了新风筝的诀窍，能够很娴熟地放飞它，而且能够玩出好多令人惊叹的花样。他已经不屑于跟其他放风筝的同场竞技了。他觉得自己的等级已经比他们高得太多太多了。每个礼拜六的下午，就是他专属的荣耀时刻。他尽情地享受着他在看热闹的人群中唤起的钦佩和惊叹，也尽情享受着他在其他不那么走运的风筝爱好者心中激起的羡慕和嫉妒。然而，有一天傍晚，当他跟父亲一道走出火车站，正往家里走的时候，意外地遇到了拦路的贝蒂。

“哈啰，赫伯。”她道。

“哈啰。”

“桑伯里先生，我想跟我丈夫单独聊聊。”

“我觉得，你想对我说的那些话，没有什么不能让我爸爸听见的。”赫伯特生气地说。

她迟疑了片刻。这弄得桑伯里先生十分尴尬，他不知道自己到底是走开呢，还是留下来呢。

“那好吧，”她最终开口说道，“我希望你能回家来。那天晚上我给你收拾行李的时候，其实我并没有真心要赶你走的意思。我之所以那么做，不过是想吓唬吓唬你。我当时太生气了。我为我当时的行为道歉。为了个风筝争吵不休，这真是太蠢了。”

“噢，可我不想回去，明白吗？其实，你帮了我一个大忙，我应该谢谢你，谢谢你在那天把我赶出来。”

贝蒂的脸上开始流下了泪水。

“可是我是爱你的啊，赫伯。如果你愿意放你那个愚蠢的破风筝，你就去放好了，我不会再管你了，只要你能回来。”

“谢谢你啦，但我想要的可不只这些。我知道对我来说，什么才算是舒坦的日子，而且我这辈子再也不想过婚姻生活啦。爸爸，咱们回家吧。”

他们加快脚步，继续朝前走去，贝蒂并没有要跟上来的打算。下个礼拜天，他们一家去小教堂做礼拜，吃完正餐后，赫伯特要去看他的宝贝风筝，就马上跑到存放煤炭的小棚子去，他们的风筝一直放在那个棚子里。他一刻也不想和它分开，他简直对它爱不释手。可是这次，他很快又跑回了屋里，而且脸色惨白，手里握着一把短柄的小斧头。

“她毁了它。就是用这玩意毁的。”

桑伯里夫妇被吓得发出了声声尖叫，赶紧跑到煤棚里去看。赫伯特说得没错。那个风筝，那个崭新的、昂贵的风筝已经被毁了，碎片散落一地。就是那柄斧头，残忍地袭击了它，劈碎了风筝的木制部分，把线轴也砍成了一截一截的。

“肯定是咱们在小教堂的时候，她跑来干的。看到咱们都不在家了才下的手。”

“可她从哪儿进来的呢?”桑伯里先生问道。

“我原本有两把钥匙的。前面我回家来的时候，发现不见了一把钥匙，不过我当时也没太在意。”

“你也不能肯定她就是罪魁祸首，公共绿地上的那些人当中，也有一些很眼红的家伙，他们也有可能干出这事来。”

“好吧，咱们很快就能知道真相，”赫伯特道，“我现在就去当面问问她，如果干这事的人真是她，我就直接弄死她。”

他浑身散发着骇人的怒气，就连桑伯里太太都有些害怕了。

“你想犯谋杀罪，然后被人家吊死吗？不，赫伯特，我不能让你去。让你爸爸去吧，等他回来后，咱们再商量对策。”

“你妈妈说得很对，赫伯特，还是由我去问吧。”

他们费了九牛二虎之力，总算是说服了他，最后还是桑伯里先生去了。半个钟头后，他回来了。

“真是她干的。她都告诉我了，一点儿都没隐瞒。这事儿让她觉得特别骄傲。我真不愿意重复她的原话，那太让我震惊了，还是长话短说吧，就是她嫉妒那个风筝。她说赫伯特对那个风筝的爱，远远多过了对她的爱，所以她才把它给砍成了一堆渣子，她还说如果有必要，她还会那样干的。”

“我没当面听她说这些话，算她走运。我肯定宁愿被绞死，也要拧断她的脖子。好吧，她以后甭想我给她掏一个子儿，就这么定了。”

“她会告你的。”他父亲道。

“她愿意告就去告吧。”

“下个礼拜，那些家具新一期的付款单就该到了，赫伯特，”桑伯里太太轻描淡写地对儿子道，“要是我，我就不掏这笔钱。”

“可这样他们就要拉走家具了，”塞缪尔道，“而且前面已经付过的那些钱也就都白掏啦。”

“那有必要在乎吗？”她回答道，“他负担得起。最重要的是，这么一来，他就能一劳永逸地彻底摆脱她，他才能真正重新回到我们的身边。”

“我对钱不钱的根本不在乎，”赫伯特道，“我最想知道，他们上门拉走家具时，她脸上该是什么表情。她可在乎那几件家具了，在乎得不得了，还有那架钢琴，她简直宝贝得要命。”

所以，在下个礼拜五那天，他没有像往常一样把每周的生活费寄给贝蒂，当她给他寄来家具店的一封信以后——信上说如果他不能在规定的某某期限之前支付新一期款子，他们就要上门拉走家具了——他写了一封回信给他们，说他没有继续支付欠款的打算了，他们随时都可以上门去拉走家具。贝蒂开始经常出现在车站，对他拦路堵截，眼看他对她完全无视后，就紧跟在他身后，在大街上指着他骂骂咧咧。傍晚的时候，她会来到他们家门前，疯狂地按门铃，一直按到他们觉得自己都快被逼疯了也不停手。桑伯里先生和太太费了很大的劲儿，才把赫伯特拦住，以免他跑出门去，狠狠地揍她一顿。有一次，她冲他们家的窗户扔了块石头，打碎了起居室的窗户玻璃。她不断地往他的办公室里寄明信片，上面写满了极其下流恶毒的污言秽语。最后，她走上治安法庭（英格兰和威尔士刑事审判系统中的最低审级），控告她丈夫抛弃了她，而且不付给她赡养费。传票被送到了赫伯特手中。两人在庭上各执一词，争得不可开交，尽管治安官也觉得这件事实在有点不可思议，但他并没有表现出来。他努力劝说这夫妻俩庭外和解，可是赫伯特坚决不答应，他拒绝回到他妻子身边。治安官只得判令他每周给贝蒂二十五先令当做赡养费。他却说他一个子儿也不会掏。

“那你就得坐牢了，”治安官道，“下个案件。”

没想到，赫伯特居然言出必行。因为贝蒂再次控诉，他再度被带到治安官面前，治安官问他到底为什么不服从判决。

“我说过，我不会给她掏一个子儿，我说到做到，她毁了我的风筝，就别想再从我这儿得到一分钱。如果你要送我去坐牢，那我就去坐牢好了。”

治安官决定这次不再对他客气了。

“你这个年轻人真是愚蠢透顶，”他道，“我给你一周的时间，马上付清拖欠的赡养费，如果你再说蠢话，做蠢事，你就得去坐牢了，直到你的理性恢复了为止。”

赫伯特仍拒绝支付赡养费，也正是因为这点，我的朋友奈德·普雷斯顿才得以结识他，我也才能够听说这个故事。

“对此你有什么高见？”奈德讲完故事后，问道，“你知道，贝蒂这个姑娘本性不坏。我和她见过几次，除了她疯狂而又荒唐地嫉妒着赫伯特的风筝之外，她的所作所为其实并没有什么错；而赫伯特显然不是一个笨蛋，事实上，他比一般人还要聪明得多。照你看，放风筝这件事当中到底有什么东西，竟然会迷得这个该死的笨蛋神魂颠倒的呢？”

“我不清楚。”我回答道。我沉思了片刻，接着说，“你看，对于放风筝这件事本身，其实我一点儿都不了解。或许，当他看着风筝扶摇直上、飞上高空的时候，他体验到了一种唯我独尊的权力感；当他好像能按照自己的心意驱使天空中的风时，他又体验到了一种凌驾于天地万物之上的神秘感。或许正是因为这样，他以一种奇怪的方式，在如此自由飞翔、远远高出于他之上的风筝身上，找到了自我的一种认同感，让他感觉自己好像逃离了现实生活的千篇一律和单调乏味。或许也正是因为这样，这种看起来朦胧而又混沌的方式，表达出了他的一种渴望自由和历险的理想。你想必知道，如果一个人一旦感染上了理想这种病毒，就算是国王陛下所有的内科和外科医生都拿他没办法啦。不过所有这套说辞不过是我的异想天开，你就当做是我的强作解人和不经之谈，听听就算了。我想，你还是去找那些对于人类这种动物的心理比我懂得多得多的高人，请教这个问题吧。”

雨

差不多该上床休息了，等他们一觉睡醒，天就亮了，陆地也就在眼前了。麦克费尔医生嘴上叼着烟斗，靠在船栏上，身子前倾，望着天空，寻找南十字星座。因为在前线待了两年，一处早该愈合的伤口，竟几经反复，他很高兴能安安静静地待在阿皮亚至少一年，而且就在旅途之中，他感觉身体已经好多了。因为第二天将抵达帕果帕果，有些旅客要在那里下船，他们就在晚上跳了一会儿舞，至今自动钢琴那刺耳的键音都还在他的耳鼓里回响。好在甲板终于恢复了安静。他看到在不远处的长椅上，坐着他的妻子和戴维森夫妻俩，他们正在聊天，他就慢慢走了过去。

当他坐下来，脱掉帽子，借着灯光，你便可以看到他的头发是深红色的，但头顶已经秃了一块，露出了红润而满布瘢痕的皮肤；他四十多岁，瘦骨伶仃，一张干瘪的脸，看起来刻板而迂腐；他说的英语带有浓浓的苏格兰腔，声调缓慢低沉。

一种同舟的情谊，在麦克费尔一家和海外传教士戴维森一家之间产生了，产生这种情谊的原因，与其说是双方共同的爱好，倒不如说是双方相似的气质。促使他们走到一起的主要原因，就是他们都看不惯那些不分昼夜地在吸烟室里玩扑克、桥牌和酗酒的人们。自己夫妇俩居然会成为戴维森家在船上唯一愿意交往的人，一想到这点，麦克费尔夫人就感到受宠若惊，就连有些腼腆却不蠢笨的麦克费尔医生本人，也有些意识到了这种礼遇。只是由于他天生喜好争辩，因此每天晚上回自己的舱房后，总是要吹毛求疵地评论传教士两口子一番。

“戴维森夫人对我说，幸好有我们，要不她简直不知道他们在船上的时间该怎么过，”麦克费尔夫人说，一面飞快地梳理好她的假发，“她说尽管船上人很多，但他们想结交的人只有我们。”

“我可不认为一个海外传教士有什么了不起的，居然敢摆这副臭架子。”

“这哪里是摆臭架子。我完全理解她的感受。戴维森两口子如果像那些粗坯一样混在吸烟室，就太不合适了。”

“他们所信奉的宗教创始人可不会这样自命清高。”麦克费尔扑哧一声笑了。

“我告诉过你多少回了，不要拿宗教说笑，”他妻子回答，“亚历克，我怎么会喜欢你这种德性的人呢？你从来只看得到别人的缺点。”

麦克费尔抬起那双灰蓝色的眼睛，斜瞥了妻子一眼，却没有吭声。和妻子生活这么多年，他早就掌握了避免争吵的最佳办法，就是安静地听妻子讲完最后一句。他率先脱掉衣服，爬上上铺，躺在床上看书，看了一会儿就睡着了。

第二天早晨，麦克费尔医生走上甲板，船已经停靠在岸边了。他目光贪婪地注视着这块陆地。眼前是一条狭长的银色沙滩，沙滩后面则是一抹隆起的草木繁盛的山冈。又密又绿的椰子树林一直延伸到海滨，树丛中，萨摩亚人的草屋依稀可见，时不时可见一座白色闪耀的小教堂点缀其间。

戴维森夫人走了过来，站在他身旁。她一身黑衣服，脖子上戴了条金项链，坠子是一个小小的十字架。她身材瘦小，褐色的头发失去了光泽，但梳拢得十分平整；一双鼓出的蓝眼珠，藏在一副夹鼻眼镜后面。她的脸又瘦又长，就像一只绵羊，并不显蠢笨，反显得极度机警；她的动作更是像飞鸟一样迅捷。她最惹人注意的还是她的语调，高亢，刺耳，一点也不婉转，听到她的声音，总让人觉得僵硬单调，就像风钻在无情喧嚣的房间，搞得人神经紧张。

“这里和你的家乡很像吧。”麦克费尔医生勉强地笑了笑，说。

“不，不一样，这儿是珊瑚岛，是火山岛，我们那儿是群浅水的岛屿。到我们那儿还得花上十天的功夫。”

“在这些地方，简直像是家居邻近的街道。”麦克费尔医生开玩笑地说。

“哎，这样说有些夸张了，不过在南海一带，人们对于远近的看法是有些不同。至少你说的不算错。”

麦克费尔医生轻轻叹了口气。

“我很庆幸这儿不是我们的驻地，”戴维森夫人继续说下去，“他们说在这块地方很难工作。人们总是难以安心，不仅是因为邮船来来往往，还因为这儿设有海军站，这对于当地土人很不好。在我们那里，不像这儿有这么多让人埋怨的困难。当然也有一两个生意人捣乱，但只要我们注意规范他们的行为就行，如果他们不守规矩，我们就会让他们苦不堪言，最后不得不逃走。”

她扶了扶鼻上的眼镜，镜片后面迸射出两股冷酷的眼光，凝视着这个满目苍翠的岛屿。

“对海外传教士来说，在这儿只能是白费力气。我真是万分感谢上帝，至少没安排我们在这块地方。”

戴维森的教区，是包括北萨摩亚在内的一群小岛，这些小岛分散得很广，因此他去远处的岛，经常要坐小划子。当他外出远行时，他的妻子就留在大本营主持海外教会的工作。麦克费尔医生一想到她为了效率必然会使用的管理方法，不禁觉得心情沉重。她语调激昂恐怖地述说当地土人的腐化堕落，简直骇人听闻。她在知羞识耻上十分敏感。早在他们刚认识时，她就告诉过麦克费尔医生：“你知道，我们刚到岛上时，看到这些土人的婚俗，真是大吃一惊，真是无法向你叙述。我会告诉麦克费尔夫人，她会转告你的。”

接着，他便看见自己的妻子和戴维森夫人并排躺在帆布躺椅上，热切地嘀咕了大约两小时之久。为了活动活动四肢，他开始在她们面前来回漫步，期间他曾听到戴维森夫人激动的耳语，感觉就像山间远处的洪流，他也看到自己的妻子脸色惨白，嘴大张着，显然她很享受听到这一惊人的经历。入夜，在舱房里，麦克费尔夫人刻意压低声调，向麦克费尔先生复述了一遍她所听到的一切。

“哎，我说的没错吧？”第二天清晨，戴维森夫人兴高采烈地喊着，“你曾经听见过的事有比这更可怕的吗？你不会怀疑我为什么不亲口告诉你了吧，你信了吧，尽管你是位医生。”

戴维森夫人打量着医生的脸色，眼神充满戏剧性的迫切，显然，她十分期望看到自己预料中的效果。

“你能想到我们初到该地时的心情有多沉重吗？你简直不能相信，我会对你说在任何一个村庄里也找不到一个好姑娘。”

“好”这个词，对她来说有严格的专门意义。

“戴维森先生和我经过一番讨论，认为我们必须要做的第一件事，就是禁止跳舞。土人真是发疯般地热爱跳舞。”

“我年轻时也喜欢跳舞。”麦克费尔医生说。

“昨晚上你邀请麦克费尔夫人同你跳舞时，我就猜到了。我不反对男人和他妻子跳舞，但看到她拒绝了，倒使我释怀了。身处这种情况，我们必须严格克制自己。”

“身处什么情况?”透过那副夹鼻眼镜，戴维森夫人瞥了一眼，却没有应声。

“但是在白人中间，事情就完全不一样，”她说下去，“虽然我并不反对戴维森先生，照他说来，做丈夫的自然不能站在一旁眼看自己的妻子被别的男人搂着，而我自己，自从结了婚，就再没跳过舞。可是土人的跳舞和这不一样，不仅不道德，还伤风败俗。不管怎样，感谢上帝，我们遏止了跳舞，我想我没有记错，在我们这一区里，跳舞已经消失八年了。”

这时，他们的船抵达了港口，麦克费尔夫人也走到了他们身边。在转了一个急弯后，船鼓轮慢慢地向前行进。这个海湾被广大陆地围绕着，大得能放下一队列海军舰只；港口的周围，是一脉耸起的悬崖峭壁和碧绿的群山。总督府就坐落在港口附近，房子周围都是花园，尽管有海上吹来的微风，悬挂在旗杆顶上的一面星条旗还是一副无精打采的样子。船驶过两三所整齐的带廊子的平房和一处网球场，就看到了码头和一群仓库。戴维森夫人指了指停泊在离船约有二三百码远的纵帆船，就是它们将载他们前往阿皮亚去。岸上聚集着从岛上各处来的一群土人，他们都情绪高涨，表现得很热切，有些只是好奇地观望，有些则是在同去悉尼的旅客做生意；他们带来的东西有凤梨、大串大串的香蕉、塔巴土布、用贝壳或鲨鱼齿做成的项圈、胡椒木碗，以及作战用划船的模型。在土人中间，夹杂着几个美国水兵，他们下巴光溜，表情友善，衣着整齐利落，另外还有一小群官员。

麦克费尔两口子和戴维森夫人一起眺望着人群，等着他们的行李被搬上岸。麦克费尔医生注意到，大部分小孩和少年身上都有一种皮肤传染病的迹象，畸形的溃烂像是蛰伏的溃疡症，这是他第一次看到象皮病，因而他那双职业性的眼睛发出敏锐的闪光，那些男人不是手臂粗胖、笨重，就是小腿庞大变形。无论男女，每个人都穿着萨摩亚围腰。

“这种穿着最猥亵了，”戴维森夫人说，“戴维森先生觉得，应该明令禁止这种服装。你怎么能期望只在胯间围上一块红布的人具有道德呢?”

“这和当地的气候很适合。”医生说，擦擦额上的汗水。

现在他们已经上了岸，虽然是大清早，但空气却闷热得让人喘不过气来。

因为周围都是山，凉风很难吹进帕果帕果。

“在我们那些岛屿上，”戴维森夫人的声调依旧高亢，“我们已经摒除了这些土人穿的东西，只有为数不多的几个老人还在穿。妇女们都改穿齐胸的筒裙，男人们改穿长裤和汗衫。我们刚到那儿的时候，戴维森先生就在他的一份报告里写道：只有规定十岁以上的儿童必须穿长裤，这些岛屿上的居民才有资格成为基督徒。”

说完戴维森夫人那像鸟一样犀利的眼睛，瞟了瞟向港口上空飘动着的成群乌云。雨点开始滴落了下来。

“我们得找个避雨的地方了。”她说。

随即，他们随着熙熙攘攘的人群，来到了一个白铁瓦楞板盖顶的大棚下面，这时大雨倾盆而至。不久，戴维森也过来了。在船上，他对麦克费尔夫妇十分礼貌，但他不像他夫人那样擅长交际，多数时间都是在一个人看书。他不爱说话，性子有些沉闷、冷淡，甚至是乖僻，会给人一种他的和蔼可亲不过是在履行基督教的教义的感觉。他的长相也十分独特。他身材高瘦，瘦长的四肢松散地连接在躯体上；双颊深陷，颧骨却高得离奇；他给人一种死气沉沉的感觉，但双唇却异常的丰满而性感。他的头发留得很长。眼窝深陷，但眼珠漆黑，一双眼睛显得大而忧郁；长长的手指虽不纤细，却十分漂亮，给人一种毅然有力的感觉。最特别的是，他总给人一种内心火热却拼命压抑的感觉，让人不解。总之，他不是一个容易亲近的人。

他带来了一个坏的消息。在岛上卡纳卡人中间，流行着一种严重且致命的疾病——麻疹，纵帆船上的一个水手也不幸被传染了，而这条船正是他们将要乘坐的船。病人已经被送进了岸上检疫站的医院，但是阿皮亚发来了电报，说这条纵帆船除非确定其他人没有被传染，否则就不让进港。

“就是说我们必须待在这儿至少十天。”

“可阿皮亚很需要我呀。”麦克费尔医生说。

“那也没办法。只要不再发现船上的人染病，纵帆船就可以启程，但只能载白人旅客，所有土人的来往，则一律禁止三个月。”

“岛上有旅馆吗?”麦克费尔夫人说。

戴维森嘿嘿一笑。

“没有。”

“那我们可怎么办?”

“我问过总督了，他说海边有个商人有几间屋子出租，我建议雨一停，我们就去那里看看。不要指望环境舒适，能有一张床，有个屋顶，就不错了。”

但是雨没有半点要停止的迹象，最后，他们只能披上雨衣，撑着雨伞出发。岛上没有市镇，只有一区官署建筑群，一两家商店，几所土人的房屋，就隐在街后椰树林和大蕉丛中。

离开码头走了不到五分钟，他们就找到了那座房子。那是座瓦楞铁皮屋顶的木板房，有两层楼，每层都有宽敞的阳台。屋主名叫霍恩，是个混血儿，娶了个土人妻子，在他的身前身后围绕着一大群孩子，楼下是商铺，售卖罐头食物和布匹。他带他们去的屋子简直是空屋。麦克费尔的屋子里所有的东西，只是一张又破又烂的床、一顶千疮百孔的蚊帐、一把快要散架的椅子和一个脸盆架。他们环视四周，深感沮丧，在心里埋怨这没完没了的瓢泼大雨。

“如果没有非用不可的东西，我就不打开行李了。”麦克费尔夫人说。

戴维森夫人走进屋来，手上正打开自己的手提包。她的动作显得轻快敏捷，丝毫没有受到恶劣环境的影响。

“要是你们接受我的忠告，你就该马上拿出针线，把蚊帐补好，”她说，“否则你今晚就别想合眼睡觉了。”

“有那么恐怖吗?”麦克费尔医生说。

“在这个季节，蚊子都很猖獗。如果你去阿皮亚政府官邸参加晚会，你就会发现，太太小姐们一拿到发给她们的枕头套，就会用它裹住两条腿。”

“我真希望雨能停一会儿，”麦克费尔夫人说，“要是有太阳，我就会有心情整理一下这个地方。”

“噢，你如果等太阳出来，那你可有得等了。在太平洋，帕果帕果下雨最频繁了。你瞧：这座山和那个港湾，它们把水分都聚集到这里来了。不管怎样，每一年的这个时候，人们都会知道雨要来的。”

她说着看看麦克费尔医生，又看看他的妻子，他们分别站在屋子的两边，一副失魂落魄、手足无措的样子，看得她撅起了嘴。看来必须她站出来帮着指挥一切了。尽管她很讨厌这类不中用的人，但她那一双手却不由自主地发痒，想把一切弄得井井有条。

“得，你给我拿针线来，我来帮你们把这顶帐子补好，你们就去打开行李，把东西拿出来。午饭时间定在一点钟。麦克费尔医生，你最好先去码头看看，看看放置你那些大件行李的地方是不是干燥。你不知道这些土人都是什么德性，他们很可能把这些行李随便扔在一个地方，完全不管行李会不会被淋湿。”

麦克费尔医生再次披上雨衣，下楼去了。走到门口，他看到房东霍恩先生正和他们乘坐的那艘船上的事务长站在一起聊天，和他们在一起的还有一位二等舱旅客，麦克费尔在船上遇到过这个人几次。事务长身材瘦小干瘪，身上的衣服特别脏，看到麦克费尔走了过来，便点头向他致意。

“这次麻疹发生得真不是时候，”他说，“我想你已经安置妥当了。”

这家伙的口气真是放肆，麦克费尔医生心想，但他生性谨慎，很少发脾气，所以倒也没有表现出来不满之色。

“是呀，我们在楼上找了一间屋子。”

“和你们一样，汤普森小姐也要去阿皮亚，所以我领着她上这儿来了。”

事务长伸出大拇指，指了指站在他旁边的女人。那女人看上去大约二十七岁，脸很丰满，但看起来有些粗野，穿着一条白裙子，头上戴着一顶很大的白帽子，脚上穿着一双高筒白漆皮靴，尽管穿了麻纱长筒袜，但粗胖的小腿还是鼓出了靴筒。她冲着麦克费尔医生莞尔一笑。

“不过一间小得跟豆腐干似的屋子，这家伙居然要我每天掏一块五毛钱。”她开口说道，嗓子有些沙哑。

“乔，她是我的朋友，”事务长说，“她最多只能付一块钱，你务必关照一下她。”

胖乎乎的老板咧开嘴，嘿嘿地笑了。

“好吧，要是你的朋友，斯旺先生，我来想想办法。我去找霍恩太太商量一下，看看我们的租金能不能优惠一点儿。”

“少给我来这套，”汤普森小姐说，“我们就这么说定了。一天一块半，甭想再多出一个子儿。”

看到她那么直截了当地杀价，麦克费尔医生露出了钦佩的笑容。他自己是别人说多少钱就给多少钱的人，宁愿多付几个钱，也不愿意去讨价还价。

老板叹了口气，说：“好吧，看在斯旺先生的面上，我认了。”

“做生意就该这样子，”汤普森小姐说，“进屋来，喝杯土烧酒吧。斯旺先生，你替我去拿一下我的手提包，包里还有瓶黑麦威士忌酒。医生，你也来吧。”

“谢谢你，恐怕我不能来，”麦克费尔答道，“我要去瞧瞧我们的行李有没有安置妥当。”

然后，他跨出门，走向雨中。倾盆大雨从港口刮来，让人完全看不清对岸的情况。在路上，他遇到两三个土人，他们身躯挺直，胯间兜着一条宽布，打着一把大伞，自在地走在雨中，脸上挂着笑容，一副很悠哉的样子；他们的嘴里说着古怪的语言，似乎在和他打招呼，之后大模大样地径自走开了。

午饭时，麦克费尔回到了住处，他们就在商人的那间客厅里吃饭。这里说是客厅，其实不过是一间用来装体面的空屋子，因为平时不打扫，因此屋子里有一股很大的霉味，潮湿发霉的空气几乎让人窒息。一套丝绒长沙发贴着墙壁整整齐齐地摆放着，天花板中央挂着一盏吊灯，是一盏镀金的枝形烛灯，为了避免苍蝇丛集，吊灯四周绕了圈黄色薄纸。前来吃饭的人中，没有戴维森。

“我知道他去拜访总督，”戴维森夫人说，“我猜他一定是被总督留下吃饭了。”

一个当地的小姑娘给他们端来了一碟牛肉饼，不久，老板也到客厅来了，看看客人的食物是不是都上齐了。

“我看我们多了一个伙伴。”麦克费尔医生说。

“她只租了一间房子，就那样吧，”老板回答，“伙食自理。”说着他讨好地看了看这两位妇人，继续说：“为了不妨碍你们，我让她住在了楼下。她不会给你们带来麻烦的。”

“是和我们同船的人吗?”麦克费尔夫人问道。

“是的，太太，她坐的是二等舱。她要去阿皮亚，去那里做出纳员。”

“噢!”

老板一离开，麦克费尔就说：“我想她一个人在屋里吃饭，肯定会觉得无聊。”

“如果她是二等舱的旅客，我觉得她最好还是自己在屋子里吃饭比较好，”戴维森夫人答道，“我不知道她的品性如何。”

“船上事务长带她来时，我刚巧也在。据事务长介绍她的名字叫汤普森。”

“就是那个昨晚跟事务长跳舞的女人，对吧?”戴维森夫人问。

“或许就是她，”麦克费尔夫人说，“我那时就有些怀疑她，觉得她似乎有点儿放荡。”

“她的出身肯定不是什么好人家。”戴维森夫人说。

他们随即又谈了点儿别的话题，吃过饭，他们感觉有些困倦，因为他们早上都起得很早，就各自回屋午睡去了。等他们睡醒，天色虽然依然阴沉，乌云密布，但好在雨已停了，他们便到大路上散步，这条沿着海湾的路是美国人修造的。

他们回来时，正好遇见了刚进来的戴维森。

“我们可能要在这儿滞留半个月，”他说道，情绪有些烦躁，“我和总督争论了一场，但是总督说他无能为力。”

“戴维森先生热切地希望早点回去工作。”戴维森夫人说完，目光焦急地瞟了他一眼。

“我们离开已经有一年之久了，”他说，在阳台上来回走动，“把教会的事务交给当地人主持，我总觉得不太放心，生怕他们把事情搞糟。他们都是好人，我不会对他们说一句责怪的话。他们是真正的基督徒，敬畏上帝，虔诚，即使国内那些号称基督徒的人看到他们的基督精神，也会脸红，可惜他们胆子太小，又不懂谋略。他们可以抵挡住压力一次，也可以抵挡压力两次，但他们不可能每次都抵挡住压力。如果你让当地的传教士负责海外传教事业，不论他看来多么可靠，时间一长，你就会发现他让一切又回到了老样子。”

戴维森先生久久地站在那儿，凝神沉思着什么。他虽然有一副高大的体格，但四肢却很松垮，他的脸色虽然苍白，但那双忽闪忽闪的大眼睛却让人眼前一亮，他真是一个让人印象深刻的人物。他的姿势充满热情，他的声调深沉而又响亮，让人一眼就能看出他的诚挚。

“我迫切希望自己的工作能安排妥当。我必须行动起来，而且要马上行动。如果一棵树已经腐朽，那就该砍掉它，把它扔进火里烧掉。”

晚上，大家吃过肉食茶点后——这顿肉食茶点是他们一天里的最后一餐——他们坐在这间沉闷的客厅里，妇人们做着针线活儿，麦克费尔抽着烟斗，传教士戴维森则给大家讲述他在群岛上的工作经历。

“我们刚到时，他们完全不懂得什么是原罪，”他说，“他们一条接一条地触犯十诫，而且从来没有负罪感。如何逐渐给土人们灌输原罪的观念，我想这是我工作中最最困难的地方。”

在遇到他的妻子以前，戴维森已经在所罗门群岛工作了长达五年的时间，这点麦克费尔夫妇早就知道了。戴维森夫人曾经在中国传教，不过他俩是在波士顿相识的，他俩利用回国休假的部分时间参加了海外传教士大会，并因此结缘。结婚之后，他们就被派遣到这些岛屿工作，一直工作到今天。

在麦克费尔夫妇和戴维森的多次交谈之中，有一件事显然是很清楚的，那就是这个人勇气十足，面对困难从不畏缩。他是个传教士，也是个医生，因此他随时可能被叫到各个岛屿去。在波涛汹涌的雨季，就连捕鲸船都感到不安全而怯于在太平洋上航行，他却常常驾着一叶扁舟出海，全然不顾自身的安危。如果有疾病或事故需要他去处理，他从来不会表现出一丝的犹豫。十几次，他从惊心动魄的黑夜中死里逃生，许多次就连戴维森夫人都认为他已失踪而感到万念俱灰。

“有时我恳求他不要出海，”她说，“或是至少等到风浪小一点儿再去，但他从来不听我的。他这个人十分固执，一旦下定了决心，八头牛也拉不回来。”

“如果我自己都害怕，我又凭什么要求土人虔诚地信奉上帝呢？”戴维森大声叫嚷起来，“我决不害怕，我决不。我要让他们知道，如果在困难时来向我求助，只要凡人所能做到的，我一定帮他们达成心愿。你想，上帝会在我在给他行道的时候离弃我吗？殊不知，风使劲吹，波涛拼命汹涌，都是因为上帝的吩咐啊。”

麦克费尔生性胆怯，尽管他在战场上待过几年，但他在战壕里连猛烈对射的枪弹都受不了，他在前沿阵地急救站做手术时，也总是因为害怕而控制不住双手的颤抖，因恐惧而出的汗水更是常常从他的眉间流下来而迷糊住眼镜。所以，当他看着这位传教士，听他说出这番话时，难免有些心惊肉跳。

“我真希望我能说，我什么也不怕。”麦克费尔说。

“我真希望你能说，你一直虔诚地信奉上帝。”戴维森反唇相讥。

但是不知道为什么，那一天晚上，这对传教士夫妇脑子里想的都是他俩初到岛群时所度过的生活。

“有时候，戴维森夫人和我面对面坐着，却说不出一句话来，只能以泪洗面。我们每天不停地工作，但工作却毫无进展。如果那时没有她，我简直不知道该怎么办。当我心绪低沉，感到绝望时，是她给了我勇气和希望。”

戴维森夫人低着头，看着自己手里的针线活儿，脸颊微微有些发红，双手微微颤动，没有说一句话。

“没有一个人来帮助我们，我们只能在离亲人有几千英里外远的地方，置身在完全的黑暗中，孤军奋战。每当我感到沮丧疲惫时，她就会放下手头的工作，坐下来为我读《圣经》，直到宁静重新降临在我身上，一如睡神降临在孩子的眼睑上。读完后，她合上经书，就对我说：‘不管他们愿不愿意，我们都必须要拯救他们。’于是我感到自己更为笃信上帝，我就回答她：‘是的，在上帝的帮助下，我一定能拯救他们。我必须拯救他们。’”

他走到桌子前，站在那里，好像这间客厅就是教堂的讲经坛。

“你知道，这些土人太堕落了，以至于他们都看不到自己的邪恶。根据他们习以为常的动作，我们判定出哪些是罪恶。我们不但判定通奸、说谎和偷盗是罪恶，而且判定赤裸身体、跳舞、不进教堂也是罪恶。我还判定女孩子露出胸部和男人不穿长裤也是罪行。”

“如何判定呢?”麦克费尔医生问，语气有些吃惊，又有些好奇。

“我对犯罪者施行了惩罚。很明显，要让人们知道什么是犯罪，最好的办法就是在他们做那类事情时就处罚他们。如果他们不进教堂，会被我罚款；他们跳舞，也会被我罚款；他们衣衫不整，也会被我罚款。我列了一张处罚表，每犯一种罪行，就得接受罚款或是劳役。最后，我终于让他们都明白了过来。”

“难道他们对罚款从来不拒绝吗?”

“他们哪里有那个勇气呢?”传教士反问。

“只有胆大包天的人，才敢站出来反对戴维森先生。”传教士的妻子咬牙切齿地说道。

麦克费尔医生望着戴维森，眼神十分惶惑。这些话让他大为震惊，但是他不敢表现出一丝一毫的反感。

“你要知道，我的杀手锏，就是把他们从教堂里开除出去。”

“他们在乎这个吗?”

戴维森轻轻一笑，有些得意地搓了搓自己那双手。

“那样他们无法卖掉椰子干；大家一起出海捕鱼时，他也没有资格分到一份；这就意味着他们要饿肚子呀，所以他们是很在乎这些的。”

“给他讲一讲弗雷德·奥尔森的故事吧。”戴维森夫人说。

传教士盯着麦克费尔医生，眼睛里发出恶狠狠的光。

“弗雷德·奥尔森从丹麦来，是个商人，他在岛上已经待了好多年了。作为一个商人，他很成功，因此他十分富有，他其实很不乐意我们去到那儿。你知道，他在那儿独断专行，收买土人的椰子干时，他愿意付多少钱就付多少钱，付的还不是钱，而是食物和威士忌酒。他娶了个土人做妻子，但是他公然对她不忠。他还嗜酒如命。我给过他许多改过自新的机会，但是他不仅置之不理，还一再讥笑我。”

说最后那句话时，戴维森的声音突然变得低沉，然后顿住不出声，有一两分钟之久。这一两分钟的沉默里整个房间充满了威胁。

“不到两年时间，他就变得穷困潦倒。他积攒了几十年的财物，也消失得一干二净。我弄得他倾家荡产，最后，几乎沦为乞丐的他不得不前来求我，求我给他一点钱，好让他买张船票回悉尼去。”

“我真希望你能看看他来找戴维森先生的那个模样，”戴维森夫人说，“他原本身强力壮，五官端正，肌肉厚实，声音洪亮，后来却变得干瘪瘦削，颤颤巍巍，简直就像是变了一个人。他一下子就变得老态龙钟，活脱脱一个小老头儿啦。”

戴维森愣愣地望着夜空。雨又下起来了。

突然，楼下传来一阵声音，戴维森转过身来，望着他的妻子，满脸疑惑。这是留声机的声音，声音又响又刺耳，喘气似地奏着音节交错的舞曲。

“那是什么?” 他问。

戴维森夫人把她的夹鼻眼镜往上扶了扶。

“楼下来了一个二等舱的旅客。我想，大概是从那儿传来的声响。”

他们没有说话，仔细地听着，很明显，除了音乐声，还有跳舞的脚步声。接着音乐停了下来，传来了开酒瓶的声音和一片嘈杂的说话声。

“我敢打赌，她肯定是在给船上的朋友举行欢送会，”麦克费尔医生说，“十二点钟开船，没错吧?”

戴维森没有搭理他，自顾自地看了下自己的表。

“你弄好了没有?” 他询问自己的妻子。

她仔细折叠好手里的活计，站起身来。

“对，我想我弄完了。” 她答道。

“现在就上床休息，太早了点儿吧?” 医生说。

“我们还要读一会儿书，” 戴维森夫人解释道，“不管我们在哪儿，每晚睡觉前，都要读一章《圣经》，按照详细的注解，做点儿深入的研究，你知道，也就是加以彻底讨论。这对训练心智，是最好不过的了。”

这两对夫妻彼此道了晚安后，屋子里就只剩下麦克费尔医生和他夫人了。至少有两三分钟，他们找不到什么话说。

“我想，我还是去拿纸牌吧。”最终还是麦克费尔医生开口，打破了这尴尬的沉默。

麦克费尔夫人看着他，目露不解。听了戴维森夫妇说的话，她感到很不安，但是她又不愿反对丈夫玩纸牌的提议，这样戴维森夫妇突然进屋来才不会觉得尴尬。麦克费尔医生取了纸牌回来，她没有陪他一起打牌，而是坐在他身旁，看着他一个人打通关，尽管她心里多少有些说不清道不明的做了错事的感觉。楼下的喧闹声此起彼伏，表明酒会还在继续。

被逼无奈，麦克费尔夫妇要在帕果帕果停留半个月的时间。第二天天一放晴，他们就打算出门去找点儿消遣，好打发在这里的百无聊赖的生活。他们一直走，走到了码头，从自己的行李箱中拿了几本书。医生去拜访了海军医院的外科主任，还随同主任一起去巡视了病房。他们还到总督府，留下名帖说自己将登门拜访。在路上，他们和汤普森小姐相遇了。医生脱下帽子，向她致礼，汤普森小姐则高兴地大声回了句：“早上好，医生。”她身上穿的还是前一天的那件白色衣裙，脚上穿的也还是前一天的那双发亮的高筒高跟靴，她那双粗胖腿的小肚子还是鼓出了靴口，这样的打扮在这片异国情调的景色里，显得十分怪异。

“我觉得，她的穿着打扮真有点儿不三不四，”麦克费尔夫人说，“看起来特别庸俗、廉价。”

他们回到旅舍时，汤普森小姐正站在阳台上，陪商人子女中一个皮肤漆黑的孩子玩游戏。

“还是打个招呼吧，”麦克费尔医生靠近妻子，在她耳边轻轻说道，“她孤身一人在这儿，我们不理睬她，有些失礼。”

麦克费尔夫人有些胆怯，不过她一向习惯听从自己丈夫的吩咐。

“我想，我们算得上是邻居了。”她说，因为紧张，她说话不免有些笨嘴笨舌。

“窝在这么个偏僻无聊的鬼地方，真是可怕，对吧?”汤普森小姐说，“他们还说我很幸运，因为我还有个房间住。我不喜欢住在土人家里，可有些人却不得不住在那儿。我真搞不懂，他们干嘛不在这儿开个旅馆。”

他们接着交谈了一会儿。汤普森小姐的嗓门很大，说起话来又没完没了，真是一个多嘴多舌的人。但在说长道短这件事上，麦克费尔夫人显然很不擅长，因此常常找不到话来应付，不久就说：“我想，我们该上楼了。”

晚上，他们坐在客厅吃肉食茶点时，戴维森一推开门，就说：“我看到住在楼下的那个女人的屋里坐着几个水手，我猜不出她怎么会认识水手这些人的。”

“她简直一点儿规矩也不懂。”戴维森夫人说。

结束了懒散、无聊的一天，他们反而觉得身心俱疲。

“要是接下来的半个月每天都像今天这样过日子，我真不知道最后我们会腻烦成什么样子。”麦克费尔医生说。

“只有一个办法，那就是把日子分成几段来过，”戴维森先生答道，“我的计划是，每天花几个钟头坐下来看书，再花些时间做做运动，不论晴天落雨——你无法在雨季里去考虑天晴还是下雨——另外的时间用来搞些娱乐。”

麦克费尔医生望望他的同伴，目光中充满怀疑和不解。他一点儿也不喜欢戴维森的计划。他们的食物又是牛肉饼，似乎这是这里的厨师唯一擅长的菜色。接着，楼下的留声机又响了起来。戴维森一听到这个声音，神情就变得很不安，但他没有说话。接着，从楼下传来了男人说话的声音。汤普森小姐正在和她的朋友们合唱一支时下流行的曲子，因为大家很快就听到她的声调夹在中间，嗓门儿又高又哑，还有人在旁边叫喊和哄笑。楼上的两对夫妻，本来想集中精神来聊天，但心神总是被楼下的碰杯声和椅子挪动声打断。而且，很明显，汤普森小姐正在举行晚会，因为楼下来的人越来越多。

“她怎么招来了那么多人，我真弄不明白。”麦克费尔夫人突然开口说道，她的话中断了传教士和她丈夫间关于医学的谈话。

这话充分显示出她的心思漫游到什么地方去了。因为这话，戴维森脸上明显地抽搐了 下，即使他嘴里说的是一些科学话题，但他的心思也和麦克费尔夫人漫游到了同一个地方。正当麦克费尔医生大谈特谈自己在德兰特尔前线如何医治伤员时，戴维森突然无缘无故地大叫了一声，从椅上跳了起来。

“怎么啦，阿尔弗雷德?”戴维森夫人问。

“肯定是这样！我怎么没想到这个呢。她来自哀威里。”

“不会的。”

“她是在火奴鲁鲁（檀香山）上船的。这就很清楚了，她居然把生意做到这儿来了，在这儿。”

他吐出最后几个字时，目露憎恨。

“哀威里是什么地方?”麦克费尔夫人问。

戴维森看着她，脸上满是悲天悯人的神情，似乎那地方十分恐怖，让她害怕得声音都发抖了。

“那是火奴鲁鲁最肮脏、最下流的地方——红灯区。这是我们文明的污点。”

哀威里位于火奴鲁鲁市区的边缘地带。顺着港口附近的偏街陋巷往前走，四周一片黑暗，摸黑走过一座摇摇晃晃的小桥，会看到一条荒凉的街道，走完坑坑洼洼的一段路，很突然地，你便会置身于一处灯光明亮的地方。马路两边设有停车处，还有酒吧间，触目皆是花里胡哨的色彩和光亮，每一家都传出自动钢琴的弹奏声，除了酒吧间，还有一些理发店和烟草铺。进到那里，人们会不由自主地变得飘飘然，似乎随时随地都可以寻欢作乐。不管你是向左拐还是向右拐，你都会拐进一条窄巷，这条街将哀威里一分为二，你会发现自己像是进入了一处幽境。这里的小屋都带有阳台，一行一行整齐地排列着，漆了绿色的漆，看起来十分干净清爽，小屋之间的通道又宽又直，使这里看起来就像一座花园城市。不过，它那值得尊敬的齐整规矩、井然有序和清洁潇洒的外表，反而让人感觉像是一种冷酷的嘲讽，因为在寻欢作乐这件事上，这样的系统化和制度化可谓空前绝后。幽径小道上，偶尔会出现一盏微弱的路灯，如果没有从这些小屋开着的窗里射出的光亮，这儿简直就黑得伸手不见五指。男人们在此辗转徘徊，偷偷察看坐在窗前的娘们儿，她们有的在看书，有的在做针线活儿，大多数时候，她们压根儿不会正眼瞧一瞧那些过往的路人；这些路人与窗里的娘们儿唯一的共同点，就是他们的国籍都五花八门。那边儿喝得醉醺醺的是美国人，不是港里船舶上的水手和炮舰上来的列兵，就是驻扎在岛上的团队里的兵士，白人和黑人都有；那边儿的是日本人，三两成群地信步闲行；那是夏威夷人，那穿着长衫的是中国人，那戴着样式荒唐的帽子的是菲律宾人。他们好像被什么东西压抑着，都默不作声。欲望总是被压抑的。

“那是太平洋上最最声名狼藉的地方，”戴维森高声嚷道，“多少年来，海外传教会鼓动政府反对，最后就连当地的报纸也予以响应。但是警察却无动于衷。你知道他们会说什么。他们说罪恶无法避免，最好的办法就是划定区域来控制。其实，真相是他们收受了贿赂，被买通了。酒吧间和妓院老板私下里给他们塞钱，甚至娘儿们自己也给他们塞钱。不过最后警方还是被迫对那里采取了行动。”

“船停靠在火奴鲁鲁时，我看到了当地的报纸。”麦克费尔医生说。

“我们到达那里时，充满罪恶与耻辱的哀威里，它已经消失了。那里所有的人都将接受审判。我不知道自己为什么没有一眼就看出这个女人是个什么货色。”

“现在听你这么一说，我就明白了，”麦克费尔夫人说，“我记得，她好像是在我们这条船起碇前几分钟上来的。记得当时我还心想，她来得真及时。”

“她怎么敢到这儿来！”戴维森大声喊着，眼冒怒火，“我决不答应。”

他说完朝门口走去。

“你打算去做什么？”麦克费尔问。

“你希望我去做什么？我要去阻止他们。我决不允许这所房屋变成——变成……”

他努力想找寻一个字眼，这个字眼必须不使夫人们觉得刺耳。因为过分激动，他的双眼冒着深幽幽的光，本来就惨白的脸更为惨白了。

“从声音来听，楼下屋子里有三四个男人，”麦克费尔医生说，“你不觉得你现在过去，有点儿草率吗？”

戴维森鄙夷地瞥了他一眼，一声不吭，就冲出门去了。

“你还不了解戴维森先生，你觉得他在执行使命时，会因为个人安危而却步吗？”戴维森夫人说。

她坐在那儿，因为不安，两手紧紧地握在一起，高高的颧骨笼上了一层阴影，警醒地听着楼下的动静。他们三个人全在侧耳倾听。他们听见传教士从那座木板楼梯噔噔地冲了下去，然后一把推开了房门。歌声霎时就停止了，只有留声机粗俗的旋律还在继续。他们听到了戴维森说话的声音，接着是什么重东西掉地的声音。音乐戛然而止，看来是他把留声机扔到了地上。虽然后来他们又听到戴维森说话的声音，但他们根本听不清他在说些什么，接着是汤普森小姐的声音，又高又尖，然后是乱糟糟的吵闹声，好像几个人在拼命大喊大叫。戴维森夫人倒吸了一口冷气，她的双手握得更紧了。麦克费尔医生一会儿瞅瞅她，一会儿瞅瞅自己的妻子。他不想下楼去，但是他怀疑她们希望他下楼去。接着又是有人扭打起来的声音，楼下的吵闹声也更大了。接着门砰的一声关上了，也许是人们把戴维森扔出了门。四周沉寂了一刹那，他们又听见了戴维森踩着楼梯上楼的声音。他回自己的屋里去了。

“我想我得去瞧瞧他。”戴维森夫人说。

她站起身来，朝屋外走去。

“如果需要帮忙，请尽管吩咐。”麦克费尔夫人说。等到戴维森夫人走出房门后，她又说：“希望他没事。”

“他干嘛要多管闲事呢?”麦克费尔医生说。

他们默默地坐了一两分钟，惊讶地发现，楼下的留声机又响了起来，声调特别嘶哑地吼着一首语意淫荡的歌，好像是在挑衅、嘲弄着什么。

第二天，戴维森夫人抱怨头痛，她的脸色十分苍白，看起来十分疲惫，那副憔悴、枯槁的样子让她看起来苍老了不少。她告诉麦克费尔夫人，戴维森一整晚都没合眼，他烦躁不安地过了一晚，一到早晨五点钟，就起身出门去了。他被人泼了一杯啤酒，弄得全身衣服都是酒渍，那股臭味真是难闻。所以，一提到汤普森小姐，戴维森夫人的眼里便冒出熊熊的怒火。

“她胆敢对戴维森先生不敬，迟早有一天她会后悔的，”她说，“戴维森先生的心地那么善良，那些有困难的人只要去找他，总会得到安慰，但是他这个人疾恶如仇，一旦激起了他的义愤，那就什么也阻挡不了他。”

“那他会怎么做呢？”麦克费尔夫人问。

“我不知道，但是我绝对不想落到那个贱货的处境。”

这话让麦克费尔夫人觉得毛骨悚然，她听得出来，面前这位矮小女人昂然自信的神态中含有某种断然的恫吓。那天早上，他们一起出门，肩并肩地走下楼。汤普森小姐的房门大开着，他们看见她身上披着一件肮脏的晨衣，正用火锅煮着东西。

“早上好，”她冲他们喊道，“戴维森先生今天早上好点了吗？”

她们一言不发地走了出去，昂首挺胸，完全无视当汤普森小姐的存在。但是一听见她那一串满含讥讽、嘲弄的大笑声，她们不由得感到脸发烫。突然，戴维森夫人转过身去，面向汤普森小姐。

“你居然敢对我说话，”她高声嚷起来，“要是你敢对我说一个侮辱的字，我一定把你赶出这儿去。”

“嘿，难道是我请戴维森先生到我这儿来的吗?”

“别理她。”麦克费尔夫人赶快轻轻说了一句。

她们径直朝前走去，直到听不见汤普森小姐说话的声音。

“她真是厚颜无耻，死不要脸。”戴维森夫人脱口而出，心中的愤怒几乎让她窒息。

她们在走回住所时，又遇见了汤普森小姐，她正在码头上漫步。盛装打扮的她走在路上，头上那顶特大白帽的帽檐上堆满了鲜艳而庸俗的花朵，引得路人纷纷注目。她一边走，一边兴高采烈地冲她们打招呼，她们回应她的是冷冰冰的目光，站在路边的几个美国水手看到这情景，不由自主地咧开嘴笑了。她们刚走回住所，雨就又下了起来。

“我想，她那身漂亮衣服肯定毁了。”戴维森夫人的语气十分尖酸刻毒。

午饭吃到一半的时候，戴维森才慢吞吞地进来，他全身都被淋湿了，却执意不去换衣服。他坐了下来，皱着眉头，一言不发，吃了一口东西就没有胃口了，呆呆地望着斜扫的雨脚出神。戴维森夫人给他讲述她们两次遇到汤普森小姐的经过，他还是一言不发，不过他的眉头皱得更加厉害，这表明她说的这些他都听见了。

“你看，我们能不能去找霍恩先生，赶走她?”戴维森夫人问，“我们不能让她侮辱。”

“可她在这儿只有这处地方可以落脚。”麦克费尔说。

“她可以住土人的屋子。”

“在这样的天气，住土人的茅屋肯定不是件舒服的事。”

“我曾经住过几年茅屋。”戴维森说。

那个土人小女孩为他们端来了甜点——煎香蕉，这是他们每天的必点菜目，戴维森转过身，面向着她。

“去问一下汤普森小姐，她什么时候有空，我想去看看她。”他说。

小女孩害怕地点点头，转身走出了房门。

“你干嘛去看她，阿尔弗雷德?”他妻子问。

“看她，是我的责任。我必须做到仁至义尽，在她拒绝我给她的回头机会前，我是不会采取行动的。”

“你还不明白她是什么货色吗？你会再次被她侮辱的。”

“那就让她来侮辱我吧。让她冲我吐口水吧。她的灵魂是不朽的，我有义务去尽力拯救她。”

戴维森夫人感觉这个妓女的讥笑声至今还在自己耳边回响。

“她已经走得太远了。”

“远到无法接受上帝的慈悲了吗?”他的眼睛突然闪闪发光，声调也变得轻松柔和了，“绝对不会的。罪人的孽债也许深过地狱，但他们还是能被主耶稣的爱怜照耀。”

小女孩回来了，带来了汤普森小姐的答复。

“汤普森小姐说，只要不是在营业时间，她随时都恭候戴维森牧师。”

听到这个回话，大家都默不作声，而麦克费尔医生则赶紧收起他嘴边浮现的一抹笑意。他很清楚地知道，尽管他觉得汤普森小姐无动于衷的厚颜实在是有趣极了，但如果他的妻子知道他的想法，肯定会大为恼火。

他们一声不吭地吃完午饭。等餐桌上的东西一被撤走，两位太太就开始做针线活儿。麦克费尔夫人正在编织一条围巾，自从战争以来她已不知织了多少条了。麦克费尔医生坐在一旁抽着烟斗。但是戴维森还是坐在椅子上，呆呆地望着餐桌出神。最后他站起身来，默默地走出了房门。他们听见他踩着楼梯下了楼，接着听见他敲门的声音，然后是汤普森小姐那极具挑衅味道的“进来”。他在汤普森小姐的屋子待了一个小时。麦克费尔医生望着窗外连绵的雨水，感到十分惶恐。这里的雨水和英国的雨水不一样，它们不是轻轻地飘落，而是毫不留情地坠落，这使人恐惧，让你充分体会到大自然原始的邪恶力量。雨水下降的速度不像是倾盆而下，倒像是决了堤似的。这感觉就像洪水自天而降，接连不断地打在那个瓦楞铁皮屋顶上，真让人发狂。看来雨水也有狂怒的时候。有时，你会感觉如果雨再不停息，你就会尖声叫喊起来，然后，你又突然感觉到一种深深的无奈感，全身无力，被苦恼和绝望团团围住。

听见戴维森走进屋来，麦克费尔医生回头看着他。两位太太也抬起了头，观察他的脸色。

“我把一切的机会都给了她。我苦口婆心地劝她悔改。她真是个邪恶的女人。”

他稍微停顿了一下，麦克费尔医生看到他的眼睛冒出阴沉的怒火，原本苍白的脸变得铁青。

“现在我要拿起主耶稣所用的鞭子，他曾用它成功驱逐了圣殿里的高利贷者和银币兑换商。”

他在屋子里走来走去，嘴唇死死地闭着，眉头紧皱。

“不管她逃到哪里，我都会把她追回来。”

突然，他转过身子，大步走出了屋子。他们又听见他走下楼梯的声音。

“他打算去做什么？”麦克费尔太太说。

“我不知道。”戴维森夫人摘下夹鼻眼镜，用手帕擦拭着镜片，“在他遵照上帝意旨做事的时候，我从来不过问。”

她轻轻叹了口气。

“怎么啦?”

“他肯定会累坏自己。他一点儿也不知道爱惜自己。”

从出租给他们屋子的那个生意人那儿，麦克费尔医生知道了戴维森牧师行动的第一回合。当他经过楼下的铺面时，老板拦住了他，拉他进入门廊里说话，老板那张胖脸上的表情局促不安。

“戴维森牧师责怪我不该把屋子租给汤普森小姐，”他说，“但是她来租房子的时候，我并不知道她是干什么的。有人要租我的房子，我只关心他们付不付得起租金。何况她又提前支付了我一个星期的房租。”

麦克费尔医生不愿卷进这件麻烦事。

“不管怎么说，这是你的屋子。你能租给我们，我们是相当感激的。”

霍恩着着他，目露疑惑。他不知道麦克费尔究竟有多支持那位传教士。

“传教士们是一伙儿的，”他有些迟疑地说，“如果他们决心对付一个生意人，他的生意就算完了。”

“他要求你赶走她吗？”

“没有，他说只要她老老实实，他不会提出这样的要求，这样对我比较公平。我答应叫她别再往这儿招揽客人了。我刚刚去告诉了她。”

“她听了以后什么反应？”

“她对我破口大骂。”

老板那穿着一条帆布旧裤衩的屁股不安地扭来扭去，一副手足无措的样子。他觉得汤普森小姐真是不好对付。

“噢，这样啊，我敢打赌，她肯定得离开这儿了。我相信只要把她的朋友拒之门外，她就会离开这儿的。”

“可她无处可去，除了土人的房屋，可当下本地人也不敢收留她，因为传教士已经开始对付她了。”

麦克费尔望着连绵不绝的雨水。

“噢，我看是等不到天晴了。”

这天晚上，他们坐在客厅里听戴维森讲述他大学时的生活。为了坚持读完大学，他只能在假期去打短工。楼下静悄悄的，汤普森小姐孤单一人待在屋里。但过了一会儿，留声机又响起来了。她这是在故意挑衅，也是为了排遣她的寂寞，不过因为无人和唱，让唱片本来就凄切的音调更显凄切，就像有人在喊救命似的。戴维森的故事正讲到一半，但他对此恍若无闻，面不改色地继续说着故事。留声机的声音也在继续。汤普森小姐一张接一张地放唱片，看来她十分害怕如此寂静的长夜。天气闷热极了，几乎让人透不过气来。麦克费尔夫妇上了床，却没办法合上眼。他们并排躺在那里，睁着眼睛，听着蚊子在帐子外面烦人地嗡嗡叫着。

“那是什么声音?”麦克费尔夫人低声说。

他们听到了一个人的声音，是戴维森在木板隔断那边说话。从他连绵不绝的单调的声音里，他们听到了他的热切而固执。他正在大声做祷告。他在祈祷上帝拯救汤普森小姐的灵魂。

两三天过去了。如今他们在路上碰到汤普森小姐，她再也不会脸上堆满笑容，或是用那种敷衍的殷勤来向他们打招呼；她抬头望着天，涂脂抹粉的脸上阴云密布，眉头紧锁，就像没看见他们似的。麦克费尔医生从生意人口中得知，她正在到处找住的地方，但一无所获。每到晚上，她的留声机就会响起来，播放着各式各样的唱片，让人越来越明显地感觉到她的强颜欢笑。唱片里黑人音乐的节奏让人感觉破碎、伤心，就像在绝望地跳舞。即便是星期天，她的留声机也没停下来，戴维森请霍恩去警告她立即停止，因为这是做礼拜的日子。没有了唱片的声音，整座屋子安静极了，只听得见雨水无休无止地敲打着铁皮屋顶。

“我感觉她快挺不住了，”第二天霍恩告诉麦克费尔医生，“她很恐惧，因为她不知道戴维森先生如今在做什么。”

早晨的时候，麦克费尔医生曾经看见过她一次，他吃惊地发现，她的脸上已经完全没有了那副傲慢的神情，而是深深的绝望和恐惧。

这位混血儿房东瞥了麦克费尔医生一眼。

“我想，你也不知道戴维森先生在做什么吧?”他小心翼翼地问道。

“是的，我不知道。”

他并不觉得霍恩这个问题古怪，因为他自己也这样认为，认为传教士正在悄悄做着什么。

他感觉，戴维森正围绕着这个女人织一张网，精心地有计划地织着网，等一切都准备好以后，他就突然把网绳一收。

“传教士让我转告她，”房东霍恩说，“只要她想见传教士，不管是什么时候，只要她说一声，他就会过去。”

“你转告她时，她有什么反应？”

“她一声也没吭。我也没等她说话。我一说完他要我说的话，就出来了。我感觉她快哭了。”

“对此我毫不怀疑，她肯定受不了这种孤寂的生活，”麦克费尔医生说，“更何况，还有这让人心烦意乱的雨。”他的语气有点烦躁：“这个讨厌的地方有一天是不下雨的吗？”

“一到雨季，雨就没停过。这里一年的降雨量三百毫米。你知道，这是海湾的缘故，它好像招引来了整个太平洋上的雨水。”

“这该死的海湾地势。”麦克费尔说。

他抓搔着蚊子叮过的地方，心里十分烦躁。一旦雨过天晴，这儿就变成了一个大蒸笼，特别的闷热、潮湿，你很容易产生一种幻觉，感觉一切生物都疯了似地野蛮生长。那些土人，虽然外界评价他们生性愉快、天真活泼，但他们满身乱七八糟的刺花、染得花里胡哨的头发，难免让人有些害怕；他们光着脚在你身后啪嗒啪嗒走着时，你总会回头瞅瞅。你总感觉，不知道在什么时候，他们可能就会猛扑上来，将手中的长匕首刺进你的肩胛骨。你说不清楚，在那些土人长得很开的双眉之间，隐藏着什么罪恶的念头。他们的样子和金字塔壁画中的古埃及人有些相似，全身上下都透着一种古老而神秘的恐怖感。

戴维森进进出出，十分忙碌，但是麦克费尔夫妇一点儿也不知道他在干些什么。麦克费尔从霍恩口中得知，戴维森每天都去找总督，有次戴维森还说到过这位总督。

“表面看总督的决心好像挺大，”戴维森说，“但一要他当机立断下决定，他就腿软了。”

“我想，他肯定不愿意按你说的办。”麦克费尔戏谑地说。

戴维森面无表情。

“我要他做的是正确的事情，这本来不用我劝说，人们就该那样做。”

“但是对于什么是正确的事情，每个人的看法可不一样。”

“要是一个人腿上生了坏疽病，但又在锯不锯掉腿这个问题上犹疑不决，你有耐心等待他慢慢做决定吗?”

“坏疽病可是真实存在的东西。”

“难道罪恶不是吗?”

大家很快就知道了戴维森私下使的手段。他们四个人刚吃完午饭，还没有分手各自去午睡，这是炎热的天气中两位太太和医生每天必做的一项功课。戴维森很讨厌这种懒散的习惯。屋门突然被推开了，汤普森小姐走了进来。她环视了屋子一圈，然后走向了戴维森。

“你这个臭流氓，你对总督说了老娘什么坏话?”

她怒气冲天，口沫横飞。大家彼此望了望。然后，戴维森把椅子推向她。

“汤普森小姐，请你坐下来好吗？我正希望和你再谈一谈。”

“你这个卑鄙无耻的杂种。”

她破口大骂，骂声连绵不绝，难听而又蛮横。戴维森板着脸，严肃地看着她。

“我不在乎你对我的辱骂，汤普森小姐，”他说，“但是我不得不提醒你一下，这儿还坐着两位太太呢。”

这时候，因为强烈的愤怒，汤普森小姐反而流不出眼泪了。她的脸涨得通红，呼哧呼哧直喘气。

“怎么啦？”麦克费尔医生说。

“刚才有一个家伙来，告诉我，我必须在下次来船时离开这儿。”

戴维森的眼里闪现出一丝喜悦，但是，他的脸色没有丝毫改变。

“对于你这种情况，怎么还敢奢望总督能让你常住在这儿？”

“你干的好事，”她高声叫嚷道，“你骗不了老娘。是你干的。”

“我不想欺骗你。我之所以大力催促总督采取这唯一可行的办法，是为了维护他的职守。”

“你凭什么来管老娘的事？我没有得罪过你。”

“你大可放心，如果你得罪我，我一点儿也不会计较。”

“就这么一个连小市镇都不如的鬼地方，我会愿意待在这儿？我像是个乡巴佬吗，像吗？”

“既然你这么想，那我觉得你应该没什么可抱怨的。”他答道。

她含糊不清地骂了一句脏话，气冲冲地奔出了屋子。屋里顿时陷入了一阵短暂的缄默。

“听到总督最终开始行动起来，真是让人欣慰。”戴维森开口打破了沉默，“他生性懦弱，做事总是瞻前顾后。他说其实汤普森小姐也就在这儿逗留半个月，要是她去到阿皮亚，那是英国法律统治的地方，就没他什么事了。”

说着戴维森猛地从椅子上跳起来，走向屋子的另一头。

“那些当权的人总是逃避自己的责任，这样的做法真是糟糕。要按他们的说法，好像不在眼前的邪恶就不是邪恶。那种女人存活人世，本身就是丑恶，即使把她转移到别的岛上去，丑恶还是丑恶。最终，我被逼得使出了杀手锏。”

戴维森双眉倒竖，咬牙切齿，凶相毕露，十分蛮横。

“你这话是什么意思?”

“我们海外传教会在华盛顿也是有点影响力的。我向总督指出，要是有人把他在这儿的所作所为向上面报告，对他有害无益。”

“那么，她应该什么时候离开这儿呢?”麦克费尔医生迟疑了一下，问道。

“下礼拜二，这里会有一条由悉尼开往旧金山的船经过，她必须搭这条船离开。”

那还有五天的时间。第二天，医生为了让日子不那么无聊，在医院里待了差不多一上午，他回到住处刚要上楼，就被混血儿霍恩拦住了。

“请原谅，麦克费尔医生，汤普森小姐有些不舒服。你能去瞧瞧是什么毛病吗?”

“好的，没问题。”

麦克费尔跟在霍恩后面，进了她的房间。此时，她无所事事地坐在一把椅上，既不做针线活儿，也没有在看书，只是呆呆地望着身前。她身上还是穿着那件白色衣裙，头上还是戴着那顶别着花朵的大帽子。麦克费尔注意到她脸色蜡黄，因为哭过，她眼泡虚肿，脸上的脂粉被泪水冲得乱七八糟。

“听说你身体有些不舒服，我真抱歉。”他说。

“噢，我其实没什么毛病。我那样说，不过是想见见你。你知道，我必须搭去旧金山的船离开这儿。”

她望着他，他发现，她呆滞的眼睛突然恢复了往日的灵活。她不停地紧握双手又立即放开，那感觉就像她患了痉挛。霍恩就站在门边，听着他俩说话。

“我已经知道了。”麦克费尔说。

她哽咽了一下。

“我觉得，现在我不太适合去旧金山。昨天下午我去求见总督，但我没能见到他。他的秘书只告诉我，我必须坐这条船离开。不管怎么样，我都要见一见总督本人，今天早上我等在他的官邸门口，一看到他出来，就挡住他说话。我很清楚，他压根儿不想搭理我，但是我不让他甩掉我，最后他说，只要戴维森牧师同意，他其实并不反对我留在这儿，直到下次到悉尼去的船到来。”

她停住了，满眼热切地看着麦克费尔医生。

“我真不知道能帮你做些什么。”他说。

“好吧，我想，如果你不介意，你或许能帮我向牧师求求情。我向上帝起誓，只要他同意我留在这儿，我决不重操旧业。只要他同意，我可以每天待在这个屋子里。现在时间也不到半个月了。”

“我去和他说说看。”

“他绝对不会答应，”霍恩说，“他要你下星期二就走，你还是早点死了心吧。”

“麻烦你告诉他，我在悉尼可以找到正经八百的工作，我说的是正经八百的工作。这点儿要求不过分吧。”

“我尽力帮你说说看。”

“一知道结果，请马上过来告诉我，行吗？这事要是不了结，我真是没办法安心。”

麦克费尔并不乐意接下这个差使，但是他生性不善于拒绝，因此他没有直接去问戴维森，而是拐了个弯。他把汤普森小姐说的话告诉了自己妻子，让他妻子先去和戴维森夫人说一说。戴维森的态度实在太强硬了，不过是让这个女人再留在帕果帕果半个月而已，看不出来会有什么危害。可是他那手厉害的外交手腕，实在让他很意外。戴维森直接来找他了。

“戴维森夫人告诉我，汤普森托了你来向我求情。”

麦克费尔医生不习惯这样直接和人打交道，因此当他被迫面对时，这个生性腼腆的人不免露出了一丝尴尬的神色。他感到自己的火气嗖嗖往上冒，脸也变得通红。

“我不觉得她宁愿去悉尼而不去旧金山有什么不同，而且她既然答应在这儿规规矩矩，这样难为她，多少狠了一点。”

戴维森目光严峻，两眼死死地盯着麦克费尔。

“她为什么不愿意回旧金山去?”

“我没问过，”麦克费尔回答，带点粗气，“而且我觉得一个人还是少管闲事为妙。”

这个回答听起来一点儿也不婉转圆滑。

“总督已经下令驱逐她出境，让她坐最先离开这个岛的船。他不过是履行了自己的职责，我无权去干涉他。她出现在这儿，本身就是一种危险。”

“我觉得你这个人简直太严厉、专横了。”

两位太太抬起头，惊讶地望着麦克费尔，但是她们完全不用担心两个人会吵起来，因为戴维森目光安详，面带微笑。

“我很抱歉，让你对我有这样的印象，麦克费尔医生。相信我，看到这个女人的不幸，我的心也在淌血，但我只是做了我该做的事。”

麦克费尔一言不发，板着脸望着窗外。雨终于停了下来，远眺港口，依稀可见夹在树丛中的土人茅屋。

“这会儿雨停了，我想出去走走。”他说。

“尽管我没有实现你的愿望，但请你不要因为这个责怪我。我十分抱歉，这个我真做不到，”戴维森笑得很凄然，“我很尊敬你，医生，如果你因此觉得我是个坏人，我只能说我很遗憾。”

“你对自己一直很有自信，绝对不可能坦然接受我的意见，我毫不怀疑这点。”他反唇相讥。

“好吧，就算这都是我的错好了。”戴维森无所谓地笑出了声。

麦克费尔觉得自己像是在无理取闹，结果也是自找没趣，只得扬长而去，走下楼，他看到汤普森小姐的房门半开着，她就站在门边等他。

“结果如何，”她说，“你跟他说过了?”

“我很抱歉，我和他说过了，他不肯插手。”他回答道，因为感到为难，他甚至都不敢望她一眼。

但是她开始抽泣，他不得不瞅了她一眼。他看到恐惧让她的脸变得煞白，这使他的心情十分沉重。突然，他脑子里冒出了一个念头。

“不过，你也不要完全抛弃希望。我觉得他们这样对待你，真是有失体面，我打算自己去找总督谈谈。”

“现在?”

他点点头。她的脸色开始好转。

“嗨，你真是个好人。我敢打赌，只要你跟他一说，他肯定会让我留下的。只要我待在这儿，我就绝对遵守规矩。”

为什么自己要下决心去请求总督呢？麦克费尔医生自己也不清楚。他与汤普森小姐的事情没有一点关系，但那个传教士的态度激怒了他，不过他一直以来总是习惯将自己的脾气憋在心里。

他如愿在官邸里见到了总督。总督是一个水手出身的人，身材高达，相貌英俊，唇上留着一抹齐整的牙刷似的花白短髭，身上的白斜纹制服白得发亮。

“我来见你，是想谈谈和我们住在同一所房子里的那个女人，”他说，“她的名字是汤普森。”

“麦克费尔医生，我想我已经听够这个名字了，”总督笑眯眯说，“我已经下了命令，限令她下星期二离开这儿，我不得不这么做。”

“我想请求你宽限她几天，让她等到旧金山来的船到了再离开，这样她可以到悉尼去。我保证她在此期间规规矩矩。”

总督还是笑眯眯的，但是他的眼神变得严峻起来，眉头紧皱。

“我很希望能按你说的去办，不过，麦克费尔医生，我已经下令了，这事无法更改。”

麦克费尔医生努力想要争辩一番，现在总督脸上的笑容消失了。他神情冷峻地听着，一脸提防地瞪着麦克费尔。麦克费尔看到总督并没有被他说动。

“很抱歉，我让这位女士觉得不方便了，但她必须在星期二动身离开，别的我就不说了。”

“但是对你来说，她去哪里有什么关系呢？”

“请原谅，医生，我认为除非是我的上级询问，否则我觉得我没有解释任何职权行动的必要。”

麦克费尔狠狠地瞪了总督一眼。他想起了戴维森的暗示，戴维森是威胁过总督的，而且从总督无可奈何的态度，他也可以看到那种因为被威胁而不得不行动的窘相。

“戴维森真是个无所不能的管事精。”他的语气十分辛辣。

“实话对你说，麦克费尔医生，我对戴维森先生也没什么好感，但是我不得不承认，像汤普森小姐这种品德败坏的女人在这儿确实很危险，因为这儿除了本地居民，还驻扎着许多现役兵士，因此他有权向我指出这一点。”

总督说着站起身来，麦克费尔也只能跟着站起身来。

“务必请你原谅。我还有个约会。请代我向麦克费尔夫人致意。”

麦克费尔碰了一鼻子灰，灰溜溜地离开了总督。他知道汤普森小姐一定在等着结果，他真不想自己亲口告诉她失败的经过，所以他绕到了后门，悄悄进入了旅店，轻手轻脚地上了楼，好像自己做了什么见不得人的事。

吃晚饭时，他一声不吭，而且坐立不安，但是戴维森却显得十分高兴。麦克费尔医生感觉得到，戴维森时不时地打量他一眼，脸上挂着一副胜利者的洋洋自得的神态。他忽然想到，戴维森肯定已经知道他去访问过总督并且一无所获的事情。但是天知道，他怎么会听到这一切的呢？很显然，这个人简直像鬼魅一样厉害。晚饭后，他看到霍恩站在阳台上，便假装有事找他说，走出了屋子。

“她想知道，你是不是已经见过总督了。”霍恩压低声音说道。

“我见过总督了。但他不为所动。我很抱歉，我只能帮她到这里了。”

“我早就知道他不会答应的。他们哪里敢开罪传教士。”

“你们在说什么?”戴维森朝他们走过来，一脸和气地说。

“我刚才在说你们运气真不好，要坐上去阿皮亚的船，恐怕还得等一个礼拜。”霍恩脱口便说。

霍恩离开了，他们两个人又回到了客厅。每次吃过饭后，戴维森都要消遣一个小时。

不久，他们听见轻轻的叩门声。

“请进。”戴维森夫人大声说道。

可是门那儿却没有动静。她站起身来，打开了门。他们看见门洞前站着汤普森小姐。不过她的外表变化特别大。她再也不是那个胆敢在路上嘲讽他们的那个得意洋洋的泼辣女人，而变成了一个六神无主、胆战心惊的惊弓之鸟。她一向梳理得十分精致的头发，如今也蓬蓬松松地垂在颈际。她脚上穿了双拖鞋，身上穿的是短衫长裙，但看起来脏兮兮、皱巴巴的。她怯怯地站在门口，脸上都是泪水，不敢走进来。

“你来做什么？”戴维森夫人的口气有些粗暴。

“我可以和戴维森先生说两句话吗？”她的声音有些哽咽。

戴维森站起身来，朝她走去。

“汤普森小姐，请进来吧，”他和气地说，“你有什么事需要我帮忙吗？”

她走进屋子。

“我说，很抱歉，那天我对你说了很无礼的话，还有其他的一些事情。我想我做得有些过分了，还请你原谅我。”

“哦，那不算什么。我认为我的度量还不错，不会在意这些难听的话。”

她走向他，那副卑躬屈膝的样子真让人觉得恐怖。

“你击垮了我。我也完全服气了。你不会再让我去旧金山了吧？”

他那副和蔼的表情顿时消失，声音也突然不再和气，变得死硬和严峻起来。

“为什么你不愿回到旧金山去?”

站在这位传教士面前，她不免有些畏畏缩缩。

“我想，那里住着我家里的人。我不希望他们看见我这副落魄的样子。除了那里，你让我去哪里，我就去哪里。”

“为什么你不愿回到旧金山去?”

“我告诉过你了。”

他俯身向前，盯住她，他那双大大的眼睛闪着亮光，好像要钻进她的灵魂中去。他猛地吸了一口气。

“感化院。”

她发出了一声尖叫，猛地跪在他的脚跟前，紧紧抱住他的那双小腿。

“不要把我送到那里去。我向上帝发誓，我以后一定做个正经女人，决不再沾染这个行当。”

她语无伦次地说了一大堆哀求的话，泪水簌簌而下，把她脸上涂抹的脂粉冲出了两道泪沟。他俯下身，用手抬起她的脸，强迫她双眼望着他。

“就是那个感化院吗？”

“他们要抓捕我，我就跑掉了，”她喘了喘气，“如果我被警察逮住，就要被送进监狱待三年。”

他把手从她的下巴处挪开，失去支撑的她立即瘫倒在地，可怜兮兮地抽泣着。麦克费尔医生站了起来。

“如果是这样，事情的性质就完全不同了，”他说，“你既然知道了这一切，就不能再强迫她回去。再给她一次机会吧。她已经决定改过自新了。”

“我给了她这辈子从来没有过的机会。如果她想救赎自己，那就让她接受这个惩罚吧。”

她似乎没听出来他话里的意思，抬起头来望着他，哭得红肿的眼睛里闪出一丝希望的光芒。

“你答应我留下了？”

“不。你还是得坐下星期二去旧金山的船。”

她痛苦地地呻吟着，接着发出一声低沉、沙哑的狂吼，简直像是某种怪物在吼叫一样，她冲着传教士磕头如捣蒜。麦克费尔医生赶紧走过去，拉着她起身。

“起来，你别这样。你最好还是回屋休息一下。我给你找点药吃。”

他拉着她站起身来，半拖半抱，将她送下了楼。他有些生气，因为戴维森太太和自己的妻子居然无动于衷，一点也不帮忙。一楼的楼梯口，站着混血儿老板，他帮着医生扶着汤普森小姐上了床。她唉声叹气，不停抽泣，意识似乎已经不太清醒。麦克费尔医生给她在皮下注射了一针，然后回到了楼上，他觉得又热又累。

“我给她打了一针，她睡着了。”

麦克费尔医生离开时，那两个女人和戴维森就坐在那儿，一动不动，一声不吭。

“我在等你，”戴维森说，声音很冷淡，而且怪兮兮的，“我要你们和我一起祈祷，祈求上帝宽恕我们做了错事的姊妹的灵魂。”

他从书架上拿起了《圣经》，走到他们吃晚饭的餐桌前，坐了下来。餐桌上的东西还没有撤走，他一把推开挡在面前的茶壶，用一种有力、洪亮和深沉的音调，为他们朗读了《圣经》中耶稣基督同犯了通奸罪的女人见面的那一段。

“现在我们一起跪下来，祈求上帝宽恕我们亲爱的姊妹——萨迪·汤普森的灵魂。”

他一口气念了一长篇感人肺腑的祷告词，他祈求基督宽恕这个女人犯下的罪行。麦克费尔夫人和戴维森夫人跪在一旁，闭着眼聆听。让人意外的是，麦克费尔医生也顺从而笨拙地跪了下来。传教士滔滔不绝地说着动人心弦的祷告词，连他自己都被这些话打动了，留下了感动的泪水。屋外，雨点还在无情地、连绵不绝地、重重地敲打着大地，带着一种人世间全部残酷的狠毒。

最后，他停住了，歇了一会儿，说：“现在，我们要重新念一遍主祷文。”

他们跟着他念过主祷文后，然后站了起来。戴维森夫人苍白的脸上一片安详。她感到内心十分平和、欣慰，但是麦克费尔夫妇却突然感到羞惭。他们真想找个地方把自己的脸藏起来。

“我现在就下楼去，去看看她的情况。”麦克费尔医生说。

他叩响房门，却是霍恩为他开的门。屋里的躺椅上，躺着汤普森小姐，她在默默哭泣。

“你怎么能躺在那儿?”麦克费尔喊了一声，“我不是说过吗，你应该躺在床上好好休息。”

“我睡不着。我想见见戴维森先生。”

“我可怜的孩子，你这么做有什么用呢？他绝不会被你说动的。”

“他说过，只要我需要他，他就会来的。”

麦克费尔冲霍恩挥了挥手。

“去叫他过来吧。”

霍恩上楼时，他和汤普森小姐就在屋里等候，两个人一句话也没说。很快，戴维森就过来了。

“我很抱歉，请你到这儿来。”她一边说，一边神情凄凉地望着他。

“我正等着你来叫我。我知道我的祷告肯定会被上帝听见的。”

他俩彼此对望了一会儿，然后她移开了她的目光。她说话时也不敢直视他的眼睛。

“我是个坏女人。我要赎罪。”

“感谢上帝！感谢上帝！他听见了我们的祈祷。”

他转过身，冲另外两个男人说：“这里有我一个人就可以了。告诉戴维森夫人，我们的祈祷生效了。”

他们轻手轻脚地退出来，并转身带上了门。

“老天爷。”霍恩说。

这天晚上，麦克费尔在床上翻来覆去地睡不着，他听到戴维森上楼的脚步声时，看了看自己的表，已经是凌晨两点了。即使已经很晚了，戴维森也没有马上上床休息，从隔断他们两间房的木隔板另一边，传来了戴维森大声祷告的声音，他静静地听着这祷告声，直到听得累了才睡去。

第二天清晨，麦克费尔医生看到戴维森的神态时，简直是大吃一惊。他的脸色比往常更为苍白，依旧是一脸的疲惫，但他那双眼睛里却闪烁着一团欲火，让人觉得他好像充满着不能自制的欢乐。

“我现在就去看看萨迪，”他说，“我想她的肉体很难恢复健康，但是她的灵魂——她的灵魂却升华了。”

听到这话，麦克费尔医生的心情十分沉重，而且还隐约有些不安。

“昨晚上你在她那儿待到很晚。”他说。

“对，我一起身，她就受不了。”

“可你看起来像个痴汉一样快活。”麦克费尔医生烦躁地说。

戴维森的眼睛里流露出一种心醉神迷的神色。

“主将一种至高无上的宽恕托付给我了。昨天夜晚，蒙主恩赐，我让一个迷失的灵魂重新回到基督仁慈的怀抱。”

汤普森还是躺在那张摇椅里。屋里弄得乱七八糟，床铺也凌乱不堪，她也无心打扮自己，只在身上披了一件肮脏的晨衣，随便地将头发拢起来打了一个髻。她把毛巾打湿，随意抹了一下脸，但是脸上浮肿，泪痕犹在。她看来没有一丝生气。

麦克费尔医生一进屋，她抬起头来，目光呆滞地看着他，一副丧魂落魄的样子。

“戴维森先生呢？”

“如果你需要他，他马上就会过来，”麦克费尔医生语带尖刻地说，“我来看看你好点没有。”

“啊，我觉得我没事。你没必要再担心了。”

“你吃东西了吗？”

“喝了点咖啡，霍恩送来的。”

她望着屋门，眼中满含期望。

“你觉得他会马上下来吗？只要有他在，我就不觉得那么害怕了。”

“你还得坐下星期二的船吗？”

“还得走，他说我不走不行。请你马上叫他下来。你现在帮不了我。目前只有他才能救我。”

“好吧。”麦克费尔医生说。

在接下来的三天时间里，戴维森几乎把所有时间都用来陪萨迪·汤普森了。只有在饭点的时候，他才和其他三个人在一起。麦克费尔医生注意到，他每次都吃得不多。

“他是不把自己搞垮不罢休的，”戴维森夫人怜惜地说，“如果他不注意点儿，他的精神会崩溃的，但是他从来不顾惜自己的身体。”

她苍白的脸色开始泛青。她告诉麦克费尔夫人，说她最近总是失眠。戴维森每次从汤普森小姐那儿回来，还要做祷告直到自己筋疲力尽，但即使是这样，他也睡不安稳。睡不了一两个钟头，他就醒了，然后起身穿好衣服去海湾散步。他总是做一些稀奇古怪的梦。

“今天早上，他对我说他在梦里看到了内布拉斯加的山丘。”戴维森夫人说。

“这真是有点魔障了。”麦克费尔医生说。他回想起自己在漫游美国时，曾经透过火车的车窗，看到过这些山丘。这些山丘浑圆光滑，在平地上突然耸起，看起来就像是一个个巨大的鼹鼠窝。但麦克费尔医生之所以对这一风景记忆深刻，其实是因为它们看起来特别像女人胸前的双峰。

戴维森的内心十分忐忑，有时候连他自己都觉得受不了。可是他体内又燃烧着一种莫名其妙的兴奋之情。他居然完全拔除了这个可怜女人深藏在心房角落里最后一点残存的罪恶之根。他为她读《圣经》，带着她做祷告。

“这是个奇迹，”有天晚饭时，戴维森对其他三个人说，“这是真正的重生。她的灵魂，本来像黑夜一样漆黑，现在却像初雪一样洁白。就连我在她面前，都觉得卑微与畏惧。她对于自己身上的罪恶的忏悔真是太感人了。我简直连去碰一碰她长袍的衣边的资格都没有。”

“你还打算送她回旧金山吗？”麦克费尔医生问，“去美国坐三年牢。我原本以为就凭这一点，你就会放过她。”

“啊，你不明白吗？这是赎罪必须要做的。我的心也在为她淌血，你知道吗？我对她的爱，同我对我的妻子、我的亲生姊妹一样多。她在监狱里忍受痛苦的时候，我也将同她一起忍受痛苦。”

“废话。”麦克费尔医生把内心的不耐烦喊出了声。

“你根本没办法理解，因为你看不见基督的光。她犯下罪行，就得承受痛苦。我知道她将面对什么。她要忍饥挨饿，接受惩罚，忍受辱骂。我要她接受凡间的一切惩罚，为上帝做出一切牺牲。我要她心甘情愿接受这一切。她获得了我们这群人想都不敢想的机会。上帝多么善良，多么仁慈呀。”

因为太过激动，戴维森的声音有些发抖，这些模糊不清的话语，就像是从他颤动的双唇间抖落出来的。

“我整天和她一起祷告，即使我离开她，我还是不停地为她祷告。我全心全意地为她祈祷，祈求基督会把极大的怜悯恩赐给她。我的用意就是要让她心甘情愿地接受惩罚，即使我放过了她，她也会拒绝的。我要让她去牢狱里体会被惩罚的辛酸痛苦，其实那是她放在至高无上的主的脚下的感恩祭供，感恩主曾为她捐献了自己的生命。”

日子过得很慢很慢。整个住所的人都在关注楼下那个备受苦痛折磨的女人，就连空气中都弥漫着一种不自然的骚动。她就像是一个为了供祭凶神恶煞准备的活生生的牺牲品。因为恐惧，她呆若木鸡。她一刻都离不开戴维森，只有看见戴维森，她才有勇气，她就像一个千依百顺的奴隶一样缠着他不放。她不停地哭泣，念《圣经》的时候哭，做祷告的时候也哭。哭得多了，她不免感到筋疲力尽，渐渐变得麻木了。以后她真心期待着迎接即将到来的苦难，似乎只有这样才能让她从目前这种难以忍受的苦痛中，找到一条切切实实可以遁逃的直截了当的出路。那种眼下主宰着她全身心的捉摸不定的恐怖，让她难以承受。她不顾及自身的虚荣，带着一身罪恶，在那小小的房间里不停地走来走去，头也不梳，脸也不洗，身上一直披着那件花里胡哨的晨衣。

整整四天了，她都没有解开过睡衣，也不穿长袜了。她把屋子弄得又脏又乱。同时，大雨仍在无情地、连绵不绝地敲打着地面。你感到如果天上有水也应该枯竭了，但雨水还在倾盆而下，疯狂地周而复始地敲打着铁皮屋顶，让人得不到片刻的安宁。所有的衣服都变得潮湿黏糊。屋内的墙壁和放在地上的皮靴都开始发霉。在漫漫长夜，无心睡眠的人们，还能清晰地听见蚊子嚣张的嗡嗡声。

“哪怕只有一天放晴，日子也没有这么难过。”麦克费尔医生说。

他们全都期待着星期二那一天快点到来，因为这天由悉尼前往旧金山的邮船会在这个港口停驻。这种紧张的气氛真让人难以忍受。对麦克费尔医生来说，他只希望这个可怜的女人快点儿离开，他的心中早已没有了原来的怜悯与怨恨。既然事情无法改变，就只能选择接受。他觉得只要邮船一启碇，就连自己的呼吸也会感到自在一些。按照规定，萨迪·汤普森由一名总督府派来的办事员押送上船。星期一晚上，这个人来到这儿，告知汤普森小姐必须在第二天上午十一点钟前收拾妥当。这个人说话时，戴维森也在场。

“我会妥善处理的。我想，我陪她上船就可以了。”

汤普森小姐没有吭声。

麦克费尔医生吹灭了蜡烛，小心翼翼地钻进了蚊帐，长长地叹了口气，如释重负。

“谢天谢地，这事儿总算了结啦。到了明天的这个时候，她早就搭船走了。”

“戴维森夫人也会高兴的。她说戴维森先生瘦得快皮包骨头了，”麦克费尔夫人说，“她真是个了不起的女人。”

“谁?”

“萨迪。我从来没想到有人能做到这样的事。这件事能让人变得谦恭一些。”

麦克费尔没有应声，而且很快就睡着了。他累极了，睡得比往日都沉。

第二天早上，当他醒过来时，感觉自己的手臂上放着一只手，他睁开眼睛一看，原来是霍恩站在床旁。这个生意人伸出食指放在嘴边，嘘了医生，让他不要声张，而且招呼他起身。霍恩没有穿他那条破旧的帆布裤，而是穿着土人的围腰，还光着脚。他的形象突然一下子变得野蛮起来，麦克费尔下了床，看见了霍恩的身上满是刺刻的花纹。霍恩冲他招了招手，示意他去阳台，麦克费尔医生便悄声跟了上去。

“请别声张，”霍恩轻轻说道，“有些事儿要麻烦你一下。穿上上衣和皮鞋。快一点。”

麦克费尔脑子里浮现的第一个想法，是汤普森小姐出了事。

“发生了什么事？我用得着带医疗器械吗？”

“快，请你快一些，快。”

麦克费尔轻手轻脚地走回卧室，拿了件雨衣披在睡衣外面，又穿了双橡皮底鞋子。他走出房门，跟着霍恩一起踮脚下了楼。大门大开着，门外站着五六个土人。

“发生了什么事？”麦克费尔再次问道。

“请随我来。”霍恩说。

麦克费尔跟着他走出大门，他们身后是一小批土人。他们穿过大路，来到了海滩。麦克费尔看到有一大群土人围在一起，似乎看着水里的什么东西。他们加紧脚步朝那儿走去，大约走了二十多码，土人看见麦克费尔来到，便自动闪出了一条通道，霍恩推着他上前去查看。这时，他看见了一幅可怕的场景，戴维森的身体一半泡在水里，一半露出水面。面对意外事件，麦克费尔的头脑十分清醒，他俯下身来，把尸体翻过身来，发现戴维森的喉部有一道又长又深的切口，从左耳切开到右耳，而戴维森的右手里还牢牢握着干这件事用的剃刀。

“他的身体已经凉透了，”麦克费尔说，“至少已死了好一会儿啦。”

“一个伙计早上去上工，然后在路上发现了俯伏在这儿的他，马上就跑来告诉我。你觉得，他是自杀的吗?”

“对，得让人赶紧去告诉警察。”

霍恩说了几句土话，就有两个年轻人离开了。

“我们必须得等到他们来了再离开。”麦克费尔说。

“我不希望他们把他抬进我的房子，我不希望把他留在我屋里。”

“上面怎么吩咐，你就怎么做，”麦克费尔医生严厉地说，“其实，我希望他们送他去停尸所。”

他们就站在海滩等候着。商人从围腰兜里掏出一个烟盒，从盒里拿了支纸烟，递给麦克费尔医生。他们一边看着这具尸体，一边抽烟。麦克费尔医生觉得这事真让人费解。

“你知道他为什么要这样做吗?”霍恩问。

麦克费尔耸了耸肩膀。过了一会儿，一个海军陆战队兵士来了，身后跟着几个抬着担架的土著警察，很快，一些海军军官和海军医生也来了。他们例行公事地办完了一切手续。

“怎么告诉他妻子呢?”其中一个军官说。

“既然你们来了，我就要回屋去穿衣服了。向她报告这个噩耗的事，就交给我吧。你们最好等到妥当收拾了他后，再让她看见。”

“我觉得这样的处理很好。”海军医生说。

麦克费尔回到屋子时，发现自己的妻子差不多收拾妥当了。

“戴维森先生最近行踪不定，戴维森夫人对此很不安。”他刚进屋，妻子便对他这样说，“他一晚上都没有回房间睡觉。两点钟的时候，她听见她丈夫离开了汤普森的屋子，但是他出门去了。如果他没有在附近漫步，那么现在他肯定已经死了。”

麦克费尔告诉了他妻子事情的经过，而且让她向戴维森夫人转告这个消息。

“但是他为什么要这样做?”她觉得毛骨悚然，开口问道。

“我也搞不懂。”

“但是我不想去，我不敢去。”

“你必须去。”

她没有说话，一脸恐慌地走出了房门。他听见妻子走进了戴维森夫人的房间。他花了一分钟的时间来稳定心神，然后去刮胡子洗脸，把衣服穿齐整，就坐在床沿上等着妻子回来。终于，她回来了。

“她说要亲眼看看他。”她说。

“他们已经抬着他去停尸所了。我们最好陪着她一起去。她受得住吗?”

“我想她被这个消息吓蒙了，连哭都没哭，只是不停地哆嗦。”

“我们最好马上就去。”

他们轻轻叩击她的门，戴维森夫人走了出来。她的脸色白得吓人，但是眼睛却是干涸的，看不见一滴眼泪。麦克费尔觉得，她这样有些矫情。他们没有说话，默默地上了路，走到停尸所时，戴维森夫人开口说话了。

“我想单独进去瞧瞧他。”

他们站在一边。一个土人为她打开了门，让她进去，马上又关上了门。他们坐在那里，不安地等着。有一两个白人走了过来，同他们悄悄说话。麦克费尔又对他们讲了一遍自己知道的悲剧。最后，那扇门悄悄打开了，戴维森夫人走了出来。他们都沉默着。

“我现在要回去了。”她说。

她的声音冷冷的，但语气很坚定。麦克费尔实在看不懂她的那种眼神。她脸色惨白，但表情十分严峻。他们慢吞吞地走回住所，还是一言不发，最后走到拐弯角上，对面就是他们住的房子。戴维森夫人倒吸了一口冷气，他们愣住了一会儿。很多天不发一声的留声机居然又响起来了，大声播放的跳舞音乐听起来十分刺耳。

“那是什么?”麦克费尔夫人十分惊恐，忍不住叫了起来。

“我们继续走吧。”戴维森夫人说。

他们上了台阶，走进店堂。他们看见汤普森小姐和一个水手站在房门口，两个人正在说话。她看起来好像变了一个人似的，身上再没有过去几天的那种被吓得六神无主的样子了。她的那些漂亮衣服又回到了她身上；脚上穿的还是那双发亮的皮靴，裹在长筒纱袜里的胖乎乎的小腿还是鼓出了靴边；她的头发也是精心梳理过的；头上又戴上了那顶插满鲜艳俗气花朵的大帽子。她涂着厚厚的脂粉，把眉毛描得又粗又浓，把嘴唇涂得猩红。她挺着胸脯，凸着腰腹，又恢复了他们初次见面时她那种嚣张跋扈的女王姿态。在他们进门时，她故意放声大笑，嘲讽味十足；接着，戴维森夫人不由自主地停住了脚步，汤普森小姐收刮着嘴里所有的唾沫，朝她啐了一口。戴维森夫人受了惊吓，往后一缩，脸颊气得发红，然后双手捂着脸，猛然冲上了楼梯。麦克费尔医生十分生气，他一把推开那个女人，走进了她的屋子。

“该死，你要干什么？”他喊着，“让这个该死的留声机停下来。”

他走过去，取下了唱片。汤普森小姐转过身子，面向着他。

“嗨，医生，你也跟我玩这一套。见你的鬼，你干嘛进我的屋里来？”

“你胡说些什么？”他咆哮起来，“你胡说些什么？”

她昂着头，挺着胸，那种轻蔑藐视的神情，以及答话中洋溢的傲慢和憎恨，真是无法用言语来形容。

“你们这些男人！你们这些肮脏的猪猡。你们都是一路货色，你们这些该死的。猪猡！猪猡！”

麦克费尔医生不由得倒吸了一口冷气，他全明白了。

赴宴之前

斯金纳太太做事一向守时。她早早地打扮完毕，穿上一件黑色的真丝外套，看起来很符合她的年纪，就算去参加她死去的女婿的葬礼也不会失礼。现在，她就差一顶帽子。对此，她有点拿不准，她担心帽子上用做装饰物的那些白鹭羽毛太引人注目，会招致一些朋友尖锐的非议，而且她去赴宴肯定会遇见这些朋友；这些羽毛来自那些美丽的白鸟，还必须在它们交配的季节杀死它们，才能获取到，这话听起来真是恐怖；不过，这些羽毛实在是漂亮、时髦，只有戴上它们才真的对得起那些白鸟的死，况且如果她女婿知道她不戴，肯定会觉得自己的心意被辜负。毕竟，他从遥远的婆罗洲带回来这些羽毛，不就是为了讨自己岳母的欢心吗？当时，凯瑟琳的脸色看起来就不太高兴，如今噩耗传来，她肯定在心里很懊悔当初那么对他，不过话说回来，凯瑟琳从一开始就不爱哈罗德。

站在梳妆台前，斯金纳太太戴上了那顶帽子，然后用一枚镶着一颗大圆珠子的发针，固定住了它。毕竟，这是她唯一的一顶漂亮帽子。要是有人挑她这几根羽毛的刺，她知道该怎么对付。

“我知道这事很恐怖，”她会说，“我自己是肯定不会买这些羽毛的，这是我可怜的女婿最后一次回国探亲时带给我的。”

这样，她既解释了这几根羽毛的来源，也为她戴这几根羽毛找到了借口。她的那些朋友都是和善的人。斯金纳太太从抽屉里拿出了一块干净手帕，洒了几滴古龙水在上面。她从来不用香水，因为她觉得那样会显得轻佻，却喜欢神清气爽的古龙水。她差不多装扮完了，于是抬起头，向着梳妆镜后面的窗外望去。今天，卡农·海伍德要在花园举办一个宴会，正好天气不错。天空蔚蓝，暖风徐徐，早春的绿意还没从树上褪尽。在屋后狭长的花园里，小外孙女正忙着摆弄自己那片小小的花床，想让它变得松软一些。斯金纳太太看着她，嘴角含笑。她真希望琼没有那么苍白的脸色，他们不该长时间让这孩子待在热带地区。她年纪这么小，却总是冷着脸，从来不会天真地蹦蹦跳跳。这时，小女孩正一个人悄悄地玩着游戏，给花圃里的花浇水。斯金纳太太看着自己的前襟，轻轻地拍了拍，然后拿起手套，下了楼。

在窗前的写字台边，坐着凯瑟琳，她正忙着整理几张名单，因为她是妇女高尔夫俱乐部的名誉秘书，每逢有比赛的日子，她就会变得很忙。可即使这么忙，她还是早就做好了参加宴会的准备。

“你最终还是选了这件套衫啊！”斯金纳太太说。

吃午饭时，她们就在讨论凯瑟琳到底该穿这件套衫，还是那件黑绸衫。凯瑟琳觉得，那件黑白相间的套衫比较时髦，不过不太适合服丧期穿。米莉森特却持反对意见。

“我们没必要都穿得像刚参加完葬礼一般，”她说，“哈罗德死了都八个月啦。”

斯金纳太太可不爱听这话。米莉森特从婆罗洲回来以后，举止态度都有些异样。

“难道你现在就脱掉丧服，亲爱的?”她问道。

对她的问题，米莉森特选择了回避。

“现在人们可不像以前一样服丧啦。”她说道。她顿了顿，继续说话。斯金纳太太觉得，她说话的语气有些奇怪。很显然，凯瑟琳也注意到了这点，因为她也十分不解地瞥了姐姐一眼。“我敢说，哈罗德肯定也不希望我永远为他服丧的。”

“我早就收拾完了，因为我有事要问米莉森特。”凯瑟琳答道，算是略微解答了母亲眼中的疑惑。

“哦，是吗?”

凯瑟琳没有说话。她将那几张名单搁在一旁，皱着眉重新读了读一位女士寄来的信。那位女士投诉说，委员会不公平，竟然把她应得的让杆数目从二十四减到十八（高尔夫球赛的规则是，击杆数较少者获胜。业余球员与正式球员比赛，正式球员按击杆数算，业余球员则按其击杆数减去让杆数后的杆数算）。由此可见，担任妇女高尔夫俱乐部的名誉秘书，头脑必须得聪慧。因为有遮阳篷，屋子里感觉很阴凉。斯金纳太太戴上她那副崭新的手套，望着那只硕大的、染得光彩照人的木制犀鸟，那是哈罗德生前托她保管的；她认为这个标本有奇怪，有点儿粗野，但哈罗德却十分喜欢。它带有一点儿宗教的意味，连卡农·海伍德也特别欣赏它。沙发靠着的墙上，挂着几件马来人的土制武器，但她不记得它们叫什么。几张随意搁置的小桌上，摆满了哈罗德在不同的场合送给他们的银器和铜器。她以前一直都很喜欢哈罗德，因此不由自主地看向钢琴上方，那里本该有他的照片，旁边还有她两个女儿、外孙女、姐姐和外甥的几张照片。

“唉，凯瑟琳，哈罗德的照片怎么不见了？”她问道。

凯瑟琳扫视了一下四周。照片不见了。

“有人拿走了吧。”凯瑟琳说。

斯金纳太太面带惊讶和疑惑，站了起来，走到钢琴边上。几张照片的位置被重新摆放过，看不出差点什么。

“也许米莉森特觉得放在自己的卧室里会合适吧。”斯金纳太太说。

“我早该注意到的。再说，米莉森特已经有好几张哈罗德的照片了。只是她把它们都锁进了抽屉。”

斯金纳太太感到十分奇怪，女儿的卧室里居然没有摆放一张哈罗德的照片。她曾经跟米莉森特说过这件事儿，但米莉森特听而不闻。从婆罗洲回来以后，米莉森特就很沉默；斯金纳太太想劝慰一下她，但看见她这个样子，也就打消了念头。她好像也不大愿意谈起自己痛失丈夫的遭遇。不同的人表现悲伤，有不同的方式。斯金纳先生就曾劝告自己的夫人，对米莉森特，让她一个人待着，就是最好的办法。一想到自己的丈夫，斯金纳太太突然就想起来，他们该出发去参加宴会了。

“你爸问我，他该不该戴一顶大礼帽，”她说，“我说，为了保险起见，最好还是戴上。”

那是排场很大的花园宴会，会为大家供应博迪糖果店的草莓香草双色冰淇淋，还有海伍德家自制的冰咖啡。社会各界名流云集于此。宴会的主人要把香港主教介绍给大家，那位主教这几天就寄住在卡农·海伍德家，因为他是卡农的大学同学。这次，他还将做一个演讲，讲讲他在中国传教的故事。斯金纳太太的一个女儿也曾经在东方待过八年，她的女婿又曾经在婆罗洲一个地区做驻地长官，所以她对此特别好奇。当然，那些跟殖民地之类的事情毫无关系的人们，虽然也会好奇这种演讲，但不会像她这样重视。

“只了解英国的人，哪里能真正了解英国呢？”斯金纳先生这样说过。

这时，斯金纳先生走了进来。斯金纳先生子承父业，也是一名律师，拥有几家在林肯律师学院广场（伦敦最大的公共广场）的事务所。每天早上，他去伦敦市区上班，傍晚回家。他能有空陪夫人和女儿去参加卡农家的宴会，那得感谢卡农的明智，他把宴会定在星期六。

穿着燕尾服和灰色花呢裤子的斯金纳先生，看起来精神抖擞。他不太关心穿着，但很干练。他看起来就像一个受人尊敬的家庭事务的辩护律师，而他确实也是。只要业务有一点点不正经，他的事务所都不会受理；如果有客人想让他帮忙解决一些有失体面的麻烦事儿，斯金纳先生就会板起脸来。

“我想，本事务所不太愿意接手这类案件，”他会说，“您还是另请高明吧。”

然后，他会取过一个便条簿，在上面飞快地写下几个名字和地址，然后撕下来，递给对方。

“如果我是您，会愿意去拜访这几个人。如果您提到我的名字，我相信他们会尽力帮助您的。”

斯金纳先生的下巴很干净，没有一点胡茬，头顶也很干净，没有一根头发。他紧闭着那苍白而单薄的嘴唇，一双蓝眼睛里露出一丝羞怯。他的脸皱巴巴的，脸色十分苍白。

“啊，你穿上那条新裤子了。”斯金纳太太说。

“我觉得这样比较合适，”他答道，“我想，我要不要在翻领上别一朵花。”

“如果是我，就不会那样，爸爸，”凯瑟琳说，“我觉得那样一点儿也不好看。”

“好多人都别花的。”斯金纳太太说。

“别花的都是那种小职员，”凯瑟琳说，“你也知道，海伍德邀请的人各式各样；再说，我们还在服丧呢。”

“我不知道主教做完演讲后，会不会组织大家捐款。”斯金纳先生说。

“应该不会吧。”斯金纳太太说。

“我觉得那样做，会很失礼。”凯瑟琳附和地说。

“保险起见，最好还是准备一下为好，”斯金纳先生说，“到时候，我就做我们一家人的代表。我捐十先令合适吗？还是必须捐一英镑？”

“我觉得要捐就捐一英镑，爸爸。”凯瑟琳说。

“我会随机应变的。我不想比别人捐的少，但也不愿捐的比别人多。”

凯瑟琳打开写字台的抽屉，把文件放进去，站起身，看了看表。

“米莉森特，你搞定了吗？”斯金纳太太问道。

“时间还早。人家和我们约定的四点钟，我想我们不必赶在四点半之前到场（英国人参加宴会，都习惯比请柬上写的时间晚去一些）。我让戴维斯四点一刻开车过来。”

原来都是凯瑟琳开车，但像今天这样的大场合，还是让花匠戴维斯穿上制服，充当一回司机吧。这样汽车开到门口，会显得气派一点。再说，因为穿上了那件新套衫，凯瑟琳也不太愿意自己开车。她看见母亲一根手指一根手指地戴新手套，就想到自己也该戴上手套。她闻了闻自己的手套，看是不是残存了一股肥皂味儿。还好，味道很淡。

她相信别人不会察觉到这点。

房门终于打开了，走进来的是米莉森特。她穿着寡妇的丧服。斯金纳太太很看不惯她这身打扮，但她也清楚，在这一年之内，米莉森特只能这样打扮。很遗憾，她穿这套丧服不好看，不过有的人穿这套丧服挺好看的。有一次，她自己就试着戴过米莉森特的帽子，再配上那根白带子、黑面纱，觉得很适合自己。当然，她希望自己亲爱的丈夫艾尔弗雷德比她晚走，但如果他先走，那她会一直穿着丧服直到死。维多利亚女王就穿着丧服一直到死。可米莉森特不一样，她还年轻，只有三十六岁，三十六岁的寡妇，真是让人心酸。而且，她也不太可能再婚。

如今，凯瑟琳嫁人的机会也很小，她已经三十五岁了；米莉森特和哈罗德上次回国的时候，斯金纳太太就建议他俩带上凯瑟琳，跟他们一起住；哈罗德好像没什么意见，但米莉森特果断拒绝了。斯金纳太太一直搞不懂为什么不行。那对凯瑟琳原本是一个机会。当然，他们并不是要急着打发她，而是因为女孩子终究是要嫁人的，可他们在国内已经找不到适合她的未婚男人了。米莉森特拒绝的理由是，那边的气候太恶劣。这是真的，她本人的脸色就很难看。谁也看不出，当初米莉森特其实比她妹妹更漂亮。随着年龄渐长，凯瑟琳变得也越来越好看了（当然也有人认为她太瘦了），现在又剪了短发，再加上风雨无阻地打高尔夫球，两颊总是红扑扑的，让斯金纳太太看了十分怜爱。而可怜的米莉森特，就无法让她产生怜爱的感觉了，她的身材已经完全走样了，她本来就不高，如今又胖了，简直就像一个矮胖的肉球。她也确实太胖了，斯金纳太太猜想或许是因为热带气候太热，她没法出去活动的缘故。她的肤色像泥土般灰黄，五官中原本最漂亮的那双蓝眼睛，如今也失去了神采。

“她得去看一下脖子，”斯金纳太太心想，“太可怕了，两边的肉都下坠了。”

有一两次她对丈夫谈到过这件事。斯金纳先生的回答是，米莉森特年纪已经大了，这话也没错，可也不能听天由命，任由她作践自己吧。斯金纳太太下定决心，要跟女儿进行一次深入的交谈，但她必须顾及女儿低落的情绪，所以打算等她服完一年丧后再说。米莉森特害怕跟母亲交谈，这会让她感到紧张，不过现在她很高兴，她有充分的理由可以将这事推迟一年。很明显，米莉森特已经完全不是自己了。她老是板着脸，她母亲面对她时，也总觉得很不自在。斯金纳太太习惯大声唠叨，心里想什么就说什么，可是你跟米莉森特说话时（就是随便说说的那种），她老是古里古怪的，总是不吭声，你也不知道她到底听没听见。

有时候，斯金纳太太感到自己快忍不住发火了，就提醒自己说，可怜的哈罗德才死了八个月啊，这样她才能压下怒火，不至于厉声斥责米莉森特。

寡妇米莉森特默默地走上前来，阳光透过窗户，照在她阴沉的脸上。凯瑟琳却站在窗边，背朝着窗户，她望着姐姐，愣了一会儿。

“米莉森特，我要告诉你一件事情，”她说，“今天早上，我跟格拉迪丝·海伍德打了一场高尔夫。”

“你赢了吗?”米莉森特问道。

在卡农家，格拉迪丝是唯一还未婚的女儿。

“她给我讲了一些关于你的事情，我觉得你应该知道。”

米莉森特的目光越过妹妹，看着那个正在花园里浇花的小女孩。

“妈妈，你让安妮把琼带到厨房来喝茶了吗?”她问道。

“说了，让她跟着仆人们一起喝茶吧。”

凯瑟琳冷眼看着姐姐。

“主教回国的时候，在新加坡待了两三天，”她接着说，“他很喜欢旅行。他去过婆罗洲，他认识许多你认识的人。”

“那他肯定很高兴见到你，亲爱的，”斯金纳太太说，“他认识可怜的哈罗德吗？”

“认识，他们在吉所罗见过。他对他印象深刻。他说，得知他的死讯时，他大为吃惊。”

米莉森特坐下来，慢慢往手上戴她的黑手套。听到这些话，女儿居然还能一声不吭，这让斯金纳太太有些吃惊。

“哦，米莉森特，”她问道，“是你拿走了哈罗德的照片吗？”

“嗯，我把它收起来了。”

“我还以为把它放在外面，你会高兴点呢。”

米莉森特又不吭声了。这真是让人生气。

凯瑟琳微微地侧过身子，是为了直面她的姐姐。

“米莉森特，你干吗跟我们说哈罗德的死因是感冒？”

米莉森特没有动，她盯着凯瑟琳，土灰的脸色有些发红，感觉笼罩着一层阴翳。她没有答话。

“你为什么这么说，凯瑟琳？”斯金纳先生吃惊地问道。

“主教说，哈罗德的死因是自杀。”

斯金纳太太发出了一声尖叫，她的丈夫摆摆手，示意她安静一些。

“这是真的吗，米莉森特？”

“是真的。”

“那你干吗不把真相告诉我们？”

米莉森特犹豫了，用手指慵懒地抚摸着她身旁桌子上的一件文莱铜器，那也是哈罗德送的礼物。

“我觉得，让琼相信她爸是得感冒死的，会比较好。我不希望她知道一切。”

“你让我们太尴尬了，”凯瑟琳皱了皱眉头说，“格拉迪丝·海伍德怪我没告诉她真相，觉得我不够仗义。我费了好大劲儿才让她相信，我自己根本都不知道真相。她说她爸也很不高兴。他说，我们两家交往这么多年，而且他还是你们的证婚人，平时走得又很近，等等这些，他原以为我们会绝对信任他。不管怎么说，就算我们不愿告诉他真相，也不必对他撒谎呀!”

“这一点，我必须说，我觉得他说得对。”斯金纳先生的口吻有些尖刻。

“当然，我告诉格拉迪丝，这事错不在我们。你告诉我们的是什么，我们就告诉他们什么。”

“希望这事儿没搞砸你们那场高尔夫球赛!”米莉森特说。

“你真不像话，亲爱的，我觉得你这话太不像话啦!”斯金纳先生大声嚷道。他从椅子上站起来，走向空着的壁炉，像他惯有的那样叉开燕尾服，站在壁炉前面。

“这是我自己的事儿，”米莉森特说，“如果我不想说这事儿，我不明白为什么我就不能这么做呢!”

“你对你妈妈都不愿说，看来你一点儿也不相信你妈妈了。”斯金纳太太说。

米莉森特耸了耸肩。

“你应该知道，大家迟早会知道真相的。”凯瑟琳说。

“凭什么？我想这两个爱嚼舌头的老牧师除了议论我，就没有其他事情可谈了。”

“当主教提到他去过婆罗洲，海伍德家的人自然就会提起你和哈罗德。”

“说了半天，都没说到重点，”斯金纳先生说，“我觉得，你应该告诉我们真相，我们就能做出最好的应对方法。作为律师，我可以告诉你，从长远来看，你越是想隐瞒真相，事情就会变得越糟。”

“可怜的哈罗德，”斯金纳太太说，眼泪在她涂满胭脂的脸颊冲出了两道沟，“这真是可怕。我一直觉得他这个女婿不错。究竟是因为什么，他才干出这种可怕的事情来？”

“气候。”

“我觉得你最好告诉我们所有真相，米莉森特。”斯金纳先生说道。

“凯瑟琳会告诉你们的。”

凯瑟琳有些迟疑，因为她要讲的事情确实很可怕。这种事情竟然发生在他们这样的家庭里，这真是太可怕了。

“主教说，他是割喉咙死的。”

斯金纳太太大声喘着气，激动地冲到她那遭受不幸的女儿身边，想紧紧搂住她。

“我可怜的孩子呀!”她哽咽着说。

然而，米莉森特的身子往后缩了缩。

“请别烦我了，妈妈。我不喜欢这种搂搂抱抱的。”

“你真不像话，米莉森特。”斯金纳先生皱起眉头说道。他觉得女儿的举止太不正常了。

斯金纳太太用手帕小心地擦拭眼泪，一边轻轻摇着头，一边叹气，坐回了自己的椅子上。凯瑟琳抓着自己脖子上的长项链摆弄，一副很不耐烦的样子。

“我姐夫的具体死因，居然要由我的朋友来告诉我，真是荒谬极了。这让我们在大家眼里都成了傻瓜。主教很想见你，米莉森特，他想告诉你，他特别替你难过。”她停住了，但米莉森特没有吭声。“他说，当时米莉森特和琼不在家，当她回来时，发现可怜的哈罗德死在了床上。”

“那肯定特别震惊。”斯金纳先生说。

斯金纳太太又开始流泪，但是凯瑟琳用手轻轻按住了她的肩膀。“妈妈，别哭了，”她说，“眼睛哭红了，会惹别人笑话的。”

大家都不说话了，斯金纳太太擦干眼泪，费了很大的劲儿，才终于控制住了自己的情绪。在这种时候，她竟然还戴着可怜的哈罗德送给她的白鹭羽毛，这让她很不舒服。

“我还应该告诉你们一件事。”凯瑟琳说。

米莉森特还是无所谓地看着妹妹，目光直视，但带着一点警觉。那种神态，就像一个时刻准备听到一记响声的人。

“我不想说些会伤害你的话，亲爱的，”凯瑟琳接着说，“但我觉得，你们应该知道这件事。主教说，哈罗德酗酒。”

“噢，我的上帝，这太可怕了！”斯金纳太太喊道，“这话听起来太吓人啦！是格拉迪丝·海伍德说的吗？你怎么回答的？”

“我说这绝对是污蔑。”

“这就是隐瞒事实真相的后果，”斯金纳先生的口气很不耐烦，“这种事情总是这样。你越是想隐藏真相，流言蜚语就会越多，说得比真相还糟十倍。”

“主教在新加坡的时候，人家告诉他，哈罗德是在醉酒后糊里糊涂的情况下自杀的。我觉得，为了我们全家人的声誉，米莉森特，你应该站出来否认这种说法。”

“大家真不该这样去谈论一个已经过世的人，”斯金纳太太说，“更何况，等琼长大了，她会受伤的。”

“米莉森特，大家为什么会这么说?”斯金纳先生问道，“哈罗德一直是个很节制的人呀。”

“这个嘛……”米莉森特说。

“他喝酒吗?”

“他简直嗜酒如命。”

大家显然没料到会是这个回答，而且语气那么尖刻，他们三个人都惊呆了。

“米莉森特，说起你死去的丈夫，你怎么能是这种口气呢?”她的母亲嚷道，她戴着手套的两只手紧握在一起。“我不知道你在说什么。你回到家后，一直阴阳怪气的。我绝不能相信，面对自己丈夫的去世，我的女儿会是这种态度。”

“先别管这个啦，孩子他妈，”斯金纳先生说，“这些我们以后再说。”

斯金纳先生走到窗前，注视着那充满阳光的小花园，不久又走回屋子当中。他把手伸进衣袋，摸出夹鼻眼镜，但只是用手帕擦拭眼镜，并没有戴上的打算。米莉森特看着他，眼含讥诮。

现在，斯金纳先生十分心烦。在结束一周的工作后，在星期一上班之前，他原本可以清静两天的。虽然他告诉夫人，他不喜欢这个花园宴会，更愿意在自己家的花园里享用安静的下午茶，但他心生向往。他并不关注在中国传教的活动，但很有兴趣认识一下那位主教。可是谁能想到会发生这种事情！他最讨厌卷进这类事情，何况有人告诉他，他的女婿酗酒，还酒后自杀，这弄得他措手不及，这感觉真是太坏了。米莉森特抚着自己白色的袖口，陷入了沉思。看到她那副镇定的样子，他就生气，可他并没有冲她发火，却说起了小女儿：“你站着干嘛，凯瑟琳？屋里又不是没有椅子。”

凯瑟琳拉过一把椅子坐下，没有吭声。斯金纳先生走到米莉森特面前，直视着她。

“当然，我理解你为什么对我们说哈罗德的死因是感冒。我觉得那样不对，因为那种事情的真相迟早会暴露的。我不知道主教对海伍德一家说的话，有多少是事实，但按我说，你就应该告诉我们你知道的一切，然后我们再商量对策。既然卡农·海伍德和格拉迪丝知道了这件事情，那其他人肯定也会知道。我们这种地方的人，都喜欢说三道四。不管什么事情，一定要弄清楚真相，那样对我们大家都好。”

斯金纳太太和凯瑟琳十分赞同他的话。她们等着看米莉森特的回应。但她却只是冷漠地听着，脸色不再发红，又变得和往常一样苍白、灰暗。

“要是我真的告诉你们一切，我怕你们并不想听。”她说。

“你要相信，我们都很同情你、理解你。”凯瑟琳的语气十分诚恳。

米莉森特瞥了她一眼，紧闭的嘴角上浮现出一丝微笑。她不慌不忙地瞅了他们三人一眼。这让斯金纳太太感觉很别扭，她感觉米莉森特看他们的样子，就像在看三个服装店里的人体模特一样。她就像和他们三个人毫无关系，是另一个世界的人。

“其实，我和哈罗德结婚时，我并不爱他。”她沉思道。

斯金纳太太差点失声叫出来，但看到丈夫做出的那个几乎无人察觉的手势后，她克制住了，两个人生活了这么多年，是足以完全领会这个动作的。米莉森特继续说道，语气缓慢而平稳。

“我那时二十七岁，好像也只有他愿意娶我。不错，他当时已经有些年纪了，四十四岁，不过他的职位不错，对吧？而我呢，可能再也没有比这更好的机会了。”

斯金纳太太又想尖叫，但是她想到了自己接下来要去的宴会。“我现在明白你干吗拿走他的照片了。”她有些伤心。

“妈妈，你不明白。”凯瑟琳大声说道。

那是哈罗德跟米莉森特订婚时的照片，哈罗德的形象很不错。在斯金纳太太看来，他一直表现得很有修养。他身材高大魁梧，身形略微有点儿胖，但外表庄重，举止得体。

他那时候就已经开始谢顶，不过现在的男人秃顶都比较早，何况他说过，硬壳帽，就是那种遮阳帽，很容易伤害头发。他的脸晒得黝黑，留了两撇小黑胡子。他那双棕色的大眼睛，是他脸上最好看的地方，琼的眼睛很像他。他说话风趣。凯瑟琳认为他爱吹嘘，但斯金纳太太却不这样认为，她不在乎男人说话是不是喜欢发号施令，尤其是当她发现（那可是没多久的事），他很喜欢米莉森特，便开始非常喜欢他。他一直努力讨好斯金纳太太，他对她说起自己工作的地区，说起自己捕杀的大猎物，她总是认真地听着，表现出很感兴趣的样子。凯瑟琳认为哈罗德很自大，而斯金纳太太认为男人爱自夸不算什么。米莉森特很快就看出了结果，虽然她什么也没告诉母亲，但她母亲心里清楚，要是哈罗德向她求婚，她肯定会很乐意。

跟哈罗德在一起的一些人，已经在婆罗洲住了三十多年，他们都认为那是个不错的地方。要说女人在那里不能过得舒服，简直是胡说八道；当然，七岁以上的孩子必须回国，但斯金纳太太认为现在不必过早操这份心。她请哈罗德到家里来吃饭，说他们一家人会聚在家里喝下午茶。他似乎并不是很忙，所以当他住在老朋友家里一段时间即将离开时，斯金纳太太便会邀请他到自己家里来住上两个星期。在那次来访即将结束的时候，哈罗德跟米莉森特订了婚。在举办了隆重的婚礼后，他们去了威尼斯度蜜月，然后才坐船去东方。轮船每到一个港口，米莉森特都要写信给家里。看来她很幸福。

“吉所罗的人都很友善，”她说。吉所罗是婆罗洲的重镇。“我们和驻地长官同住，大家轮流请我们吃饭。有那么一两次，我听到他拒绝别人一起喝酒的邀请，他说他如今结婚了，已经痛改前非了。他们都会心大笑，我搞不懂是为什么。长官夫人格雷太太对我说，看到哈罗德结婚了，大家都很高兴。她说，一个单身汉在边防哨所服役，是很寂寞的。我们离开吉所罗的时候，格雷太太道别的话怪兮兮的，让我很奇怪，好像她把照顾哈罗德的任务很郑重地交付给了我。”

他们静静地听着她说。凯瑟琳一直盯着她姐姐那副冷漠的脸，而斯金纳先生的注意力都在他老婆坐着的那张沙发后面，那里的墙上挂着曲刃短剑（马来人用的匕首，刀锋呈波浪形）、帕兰刀（马来人用的带鞘砍刀）等马来人的土制武器上。

“一年半以后，当我再次前往吉所罗时，我才明白他们为什么会有那么奇怪的态度，”米莉森特发出一种细微的怪声，像是嘲笑之后的回音，“那时，我才解开了我以前的一切疑惑。结婚，本来就是哈罗德那次回国的目的。可他并不关心结婚对象。妈妈，你还记得我们当时是怎么讨好他的吗？其实，我们根本不必费那么大的劲儿。”

“我不明白你的话，米莉森特，”斯金纳太太说，语带酸楚，她可不乐意被人指责有心计，“我还以为你把他迷住了。”

米莉森特耸了耸她那肥胖的肩膀。

“他嗜酒如命，每天都要抱一瓶威士忌睡觉，天亮前就喝光它。秘书长警告过他，如果他再不戒酒就必须辞职。秘书长愿意再给他一次机会。他可以先休个假，回英国待一段时间。他还建议他结婚，那样回来后就能有个管他的人。哈罗德娶我，只是想要一个管他的人。吉所罗的那些人打赌，看有我在，他能清醒多久。”

“可他爱你呀，”斯金纳太太抢过话头说，“你不知道他对我是怎么谈起你的，而且就在你刚说的那段期间，你去吉所罗生琼的时候，他在给我的那封信中大大称赞了你啊。”

米莉森特看着母亲，土灰色的脸颊发红。她搁在大腿上的两只手，开始微微地颤抖。她想起她刚结婚那几个月的情形。他们乘官方的汽艇到了河口，当天晚上住在那间孟加拉式平房，哈罗德戏称那个小屋是他们的海滨别墅。

第二天，他俩乘一艘普拉胡帆船（马来亚或印尼的一种帆船，又称双体帆船，一个大三角风帆和舷外架是其典型特征）逆流而上。她从小说中了解到的婆罗洲，河流都是黑漆漆的，阴森恐怖，可事实却是天空很蓝，还点缀着几朵白云；被流水冲刷后的栲树和棕榈的短绿枝，在太阳底下闪闪发亮。河的两岸，是茂密的丛林，在天空的映衬下，远处的一座高山更显崎岖。清晨的空气清新凉爽。她好像进入到一个友善而肥沃的地方，感到无限的自由。他们看见在河的两岸，猴子在枝叶缠绕的树上跳跃。有一次，哈罗德将一段像树桩一样的东西指给她看，说那是一条鳄鱼。戴着遮阳帽、穿着帆布裤的副长官，站在码头上迎接他们，还有齐刷刷站成一排的十几个士兵向他们致意。他为她介绍了副长官，他叫辛普森。

“哎呀，长官，”他对哈罗德说，“看到你回来，我很高兴。没有你，真是太寂寞了。”

在一个小山顶上，有长官住的一间孟加拉式平房，房子周围有一个花园，里面长满了各色野花。房子很破旧，家具也很少，但因为宽敞，房间里很凉快。

“那就是我们的村庄（指马来亚的小村庄)。”哈罗德指着前方说道。

望着他手指的方向，她听见椰林里响起了一片锣声。她觉得有些奇怪。

虽然她无所事事，但这样的日子着实惬意。每天早晨，侍从会给他们端来茶，哈罗德身穿背心和纱笼（也称围裙，马来亚的民族服装，色彩鲜艳，男女皆穿），她则身着晨衣，一起在廊台上散步，享受清晨的芬芳，然后才换衣服吃早餐。早饭后，哈罗德去办公室上班，她就学马来语。他吃过午饭后，回去继续上班，她就睡个午觉。下午茶后，他俩振作精神，出门去散步，或打高尔夫；孟加拉式平房下边的丛林被哈罗德清理成了一块平地，建了一个九洞高尔夫球场。

每到天黑，晚上六点左右，辛普森先生会过来喝一杯。直到吃宵夜，他们才会停止交谈。有时，哈罗德也会和辛普森先生下下棋。夜晚温暖又迷人。萤火虫在廊台两边的灌木丛中飞舞，就像一盏盏闪动着冷光的点点信号灯，一阵阵甜美的香气从开花的树林里飘来。晚饭后，他们翻看伦敦寄来的六周前的报纸，然后上床就寝。这种婚后的生活，米莉森特感到很享受，她也很满意那些土著仆人，他们身上的纱笼色彩鲜艳，光着脚走在孟加拉式平房里，不发出一点声响，态度也很友好。身为一个受人尊重的驻地长官的夫人，她感到很快活。哈罗德的马来语很流利，他常常板着脸对人颐指气使，这也让她感觉很好。有时，她会去法院，甚至还旁听他审理案件。他有很多事要处理，而且处理得有条不紊，她不由得开始敬佩他。辛普森先生告诉她，在整个婆罗洲，哈罗德可说是最了解当地土著人的人了。他身上综合了坚定、机智、幽默这些特质，对付那些怯弱、好斗、多疑的土著人十分有用。于是，米莉森特更加敬佩自己的丈夫了。

他们结婚快满一年的时候，两个要去内地的英国自然学家途经当地，在他们家住过几天。他们随身带来一封总督的介绍信，信中言辞恳切，所以哈罗德很热情地接待了他们。他们的来访为他们的生活带来了乐趣。米莉森特邀请辛普森先生一起吃晚餐（他住在“屯堡”，所以大家一起吃饭的时间只有星期天晚上），饭后男人们坐下来打桥牌。不久，米莉森特就上床休息去了，可是他们不断吵闹，弄得她很晚才睡着。也不知道是半夜几点，哈罗德踉踉跄跄地进了门，吵醒了她。她没有吭声。哈罗德想洗漱一下再睡，他们卧室下面就是浴室，他顺着台阶往下走。突然传来“噗通”一声，他摔了一跤，并且骂骂咧咧，然后就开始翻江倒海地呕吐。她听见他往自己身上泼了一桶又一桶的凉水，不久，他拖着脚步（这次是小心翼翼的）爬上台阶，悄悄地上了床。米莉森特觉得特别恶心，于是假装睡着了。哈罗德喝醉了，她打算明早跟他谈谈。那两位自然学家到底会怎么评价他呢？可到了第二天早晨，哈罗德仪表堂堂的表现，让她一下子吃不准该不该再说那事儿了。八点钟时，哈罗德和她，陪着那两位客人吃早饭。哈罗德扫视了一下周围。

“麦片粥，”他说，“米莉森特，你为什么不给客人们来点伍斯特（英格兰中西部城市）风味的辣酱油呢？我想那是他们现在最想吃的东西了。我呢，只需要一点威士忌加苏打水。”

两位自然学家面带歉意地笑了。

“你的丈夫真是不好对付啊。”其中一位说道。

“有贵客光临，如果第一个晚上我没能让两位酒足饭饱再休息，那是我这个主人失职。”哈罗德的话显得周到而体面。

米莉森特尴尬地笑了笑，想到昨晚这两位客人也像她丈夫一样喝得烂醉，心里才略微好受一点。第二天晚上，她一直陪着他们，在一个合适的时间，大家就散了。两位客人终于走了，她很高兴，他们的生活又恢复了平静了。

几个月后，哈罗德去察看他所管辖的某个地区，结果在那儿染上了很重的疟疾。她第一次亲眼见到这种病，不过此前她听人提到过许多次，所以看到哈罗德病好后身体一直很虚弱，她也没觉得奇怪。但她奇怪地发现，他的举止有点儿不对劲。他下班回来后，看着她的目光总是呆滞无神；有时他站在廊台上，大肆谈论英国的政治局势，身形虽有些不稳，但还不算失态；可说着说着，就变得语无伦次了。于是他就看着她，眼中露出一丝狡黠，跟他惯有的体面不太相称，他说道："这该死的疟疾，真是害惨我了。唉，小妞，你不懂，建造一个帝国，男人可能会被压死。"

她感觉到，辛普森先生的脸上开始出现担忧的表情，有一两次他俩单独在一块儿时，他好像有什么话要跟她说，但犹豫再三，又憋回去了。这种感觉越来越强烈，使她烦躁不安，终于有一天晚上，不知为何哈罗德在办公室里待得比平时更久，于是她就盘问了辛普森一番。

"辛普森先生，你没什么要告诉我的吗?"她突然问道。

他的脸瞬间变红，神色犹豫。

"没有啊。您怎么会这样认为呢?"

辛普森先生是个二十四岁的年轻小伙儿，个子高挑，身材瘦削，有一头漂亮的鬈发，为了把它梳得平整，他可费了不少工夫。他的手腕上满是被蚊子叮咬过的包，红一块紫一块，有几处还留下了疤痕。米莉森特看着她，眼神十分淡定。

“如果这事关哈罗德，你不觉得告诉我会比较好吗?”

这时，他的脸涨得通红，身子在藤椅上不自在地扭来扭去，怎么都不舒服。米莉森特坚决要他说出来。

“我担心您会觉得我很卑鄙，”他终于开口说，“在背后说自己上司的坏话，我这人真是太烂了。疟疾这种病真是烂透了，谁要是得了一回，就会感觉想死。”

他再次犹豫了，嘴角耷拉着，好像马上就要哭了。米莉森特觉得，此时的他就像个孩子。

“我会像坟墓一样保守这个秘密，”她努力克制内心的慌乱，露出一丝微笑，说，“告诉我吧。”

“我感到很抱歉，您丈夫在办公室里放着一瓶威士忌，以便他随时喝上几口。”

因为激动，辛普森先生的声音都哑了。米莉森特突然觉得全身发冷，身体直哆嗦。她努力保持冷静，因为她还不想吓着那个孩子，那样他就无法把知道的事情都说出来。他不肯再说一个字。她求他、哄他，告诉他这是他应尽的责任，但最后自己还是哭了起来。这时，辛普森告诉她，最近两个星期，哈罗德一直在酗酒，土著人对此议论纷纷，说他很快就会回到结婚前的老样子。从前他就有酗酒的坏习惯，但对当时酗酒的程度，不管米莉森特怎样盘问，辛普森先生就是不愿透露。

“你认为他现在就在喝酒吗?”她问道。

“这个我不清楚。”

米莉森特心中突然燃起熊熊的怒火，感到十分羞耻。法院所在地被称为“屯堡”，它之所以得名，是因为那里屯放着枪支弹药。“屯堡”就在驻地长官哈罗德的孟加拉式平房对面，自带一个花园。太阳快落山了，米莉森特没必要再戴帽子。她站起身，直接走向对面。她穿过哈罗德审理案件的大厅，来到大厅后面的办公室里，看见他坐在那里，面前摆着一瓶威士忌。他一边抽烟，一边跟三四个马来人说话；那些马来人尽管站在他面前听着，脸上的表情却既谄媚又含有藐视。哈罗德的脸一下子就红了。

那几个土著人更是一下子跑得无影无踪。

“我过来看看你在干什么。”她说。

他摆出那副惯常的客套、礼貌的样子，招呼她，但身形却有些踉跄。他发现了这一点，于是赶紧摆出一副道貌岸然的派头。

“请坐，亲爱的，请坐。公务紧急，稍微耽误了一点。”

她怒气冲冲地瞪着他。

“你喝醉了。”她说。

他呆呆地望着她，鼓着两只眼珠子，肥大的脸盘上满是倨傲。

“我不明白你在说什么。”他说。

她原本计划用一连串激愤的言词，劝他改过自新，如今却忍不住放声大哭。她一屁股坐进椅了，捂着脸哭泣，哈罗德看着她，不久也流下了眼泪。他走向她，张开双臂，噗通一声跪在地上，把她搂在怀里，开始抽泣。

“对不起，对不起，”他说，“我向你保证，再也不会有这样的事。这都要怪那该死的疟疾。”

“这真是太不体面了。”她呜咽着说。

他像个孩子一样号啕大哭。这个仪表堂堂的大男人竟然这样谴责自己，实在令人感动。过了一会儿，米莉森特抬起头来。他看着她，眼中满是悔恨和恳求。

“你能向我保证，以后再也不喝酒了吗？”

“我保证，我保证。我憎恨那个东西。”

这时，她把自己怀孕的消息告诉了他，他真是欣喜若狂。

“只有那一件东西是我想要的。它让我感觉像个真正的人。”

他们一起走回孟加拉式平房。哈罗德洗漱后，略微休息了一下。晚饭后，他们很平静地进行了一次深入的交谈。他承认自己没和她结婚时，偶尔会酗酒，生活在驻地分署，很容易受到坏习惯的影响。他答应了米莉森特提出的所有要求。

离分娩还有几个月，米莉森特必须到吉所罗去，在那期间，哈罗德一直表现得温柔、体贴、豪迈、热情，尽心尽责地扮演着一个完美丈夫的角色。一艘小汽艇来接她，她要离开他六个星期。他两手搭着她的肩膀，对她拍着胸脯保证，绝不会在她离开的期间沾一滴酒。

“我说到做到，”他带着惯有的庄严神情说，“即使不做保证，你能想象我会在你经受生产之痛的时候，给你惹麻烦吗？”

琼出生了。米莉森特暂时借住在驻地长官家里，他的夫人格雷太太是个性情温良的中年妇女，对她十分友善。对于长时间单独相处的两个女人来说，聊天是唯一能做的事。聊得多了，米莉森特就完全了解了她丈夫过去酗酒的情况。最让她心里难受的是，哈罗德被警告过，除非他娶个老婆回来，否则别想保住他的职务。得知这一点，她的心里隐约有了一丝怨恨。当她得知自己的丈夫其实是个酒鬼，而且积习难改时，她隐约觉得很不安。她最害怕的是，在她离开期间，他可能会再度酗酒。于是，她带着婴儿和一个保姆启程回家。她住在河湾口那晚，就让一个划独木舟的信差前去报信，报告她回家的消息。当小汽艇快抵达岸边时，她两眼急切地扫过码头。迎接的人群中，哈罗德和辛普森先生站在一起，旁边是齐刷刷排成一溜的士兵。哈罗德的身形有些不稳，就像站在颠簸的船上不自禁地摇晃一样，她的心突然一沉，她知道他喝醉了。

这并不是一次愉快的回国。她差点忘了自己的父母和妹妹都坐在身边，默默地听她讲述。这时，她重振精神，才重新注意到他们在场。她所讲述的这些事情，似乎都过去好久了。

“就是从那时起，我发现我恨他，”她说，“我真想杀了他。”

“噢，米莉森特，你不能那么说，”她母亲叫道，“别忘了，那个可怜的人，他已经去世了。”

米莉森特瞥了母亲一眼，神情漠然，现场气氛变得有些阴翳。斯金纳先生动了一下，很是不安。

“接着说。”凯瑟琳说。

“他得知我已经完全知晓了他的过去，就开始变得肆无忌惮了。三个月后，他又发作了一次震颤性谵妄症（因摄入酒精过多引起的意识障碍，典型症状是幻觉、呓语、震颤等）。”

“你为什么不离开他？”

“离开有什么好处？用不了两个星期，他的公职就会保不住。那样的话，我和琼该怎么生活？我必须留下来。他清醒的时候，无可挑剔。他对我没有一点爱，可他喜欢我；我当初也不是因为爱他才嫁给他，不过是我想要嫁人罢了。为了不让他喝酒，我想尽了办法，我说服了格雷先生不让吉所罗运来威士忌，可是他从中国人那儿弄到了。我就像一只猫，成天盯着他这只老鼠。但我没有他狡猾，对付不了他。没过多久，他又发作了一次震颤性谵妄症，并在工作中出了错。我害怕他的上司接到投诉。我们那儿到吉所罗有两天的路程，这似乎有利于隐瞒消息，但我还是觉得消息传了过去，因为格雷先生悄悄写了一封信给我，要我特别提防。我让哈罗德看了信。他气得大吼大叫，但我知道，他恐慌了，有两三个月，他始终都没沾酒。之后，他又开始酗酒，一直到我们休假回国。”

“在我们回国之前，我求他、恳求他千万要管住自己。我不希望你们任何一个人知道，我嫁的男人竟然是这个样子。在英国休假期间，他的表现很好。在我们回去之前，我再次警告了他。这几年，他非常疼爱琼，以她为傲，琼也很喜欢亲近他。她一直都更喜欢她爸爸一些。我问哈罗德，他愿意让孩子长大后知道她爸爸是个酒鬼吗？他想到这点后，大惊失色，我发现这方法对他百试不爽。我告诉他，我绝不允许这种事情发生，如果他让琼看到他醉醺醺的样子，我就立即带她走，离开她的爸爸。你们知道吗，我的话一说完，他的脸瞬间就变得惨白。当天晚上，我跪倒在地，真心感谢上天，因为我终于有办法能拯救我丈夫了。”

“他对我说，如果我支持他，他就答应再次戒酒。我们下定决心，共同战胜它。这一次，他真的很努力。当他发现快忍不住的时候，就跑来找我。你们知道，他一直都有些盛气凌人。可面对我时，他变得十分谦卑，就像一个依赖大人的孩子。或许他在跟我结婚的时候对我没有爱，可这时候他爱我，爱我和琼。因为那件丢脸的事儿，我恨过他，因为他喝醉了还要装出一副道貌岸然的样子，真是让人恶心。但是这会儿，我的感觉却很奇怪，那与爱情无关，而是古怪的、羞涩的温情。他不只是我的丈夫，而像是一个孩子，一个我在漫长的岁月里总担心着的孩子。他以我为傲，而我呢，你们知道，也深感自豪。我不再讨厌他的口若悬河，反而觉得他那种威武的仪态实在很可笑，也很迷人。最后我们战胜了它。整整两年，他都没沾过一滴酒，他彻底抛弃了它。他甚至可以拿这件事情来说笑。”

“当时，辛普森先生已经调离了，代替他的是一个叫弗朗西斯的年轻人。”

“‘你要知道，我以前可是嗜酒如命哦，弗朗西斯，’

哈罗德有一次跟他说道，‘幸亏有我老婆，要不我的饭碗早就不保了。我老婆真是全世界最棒的老婆，弗朗西斯。’”

“听到他说这些话，我心里特别高兴。我觉得，从前我遭受的一切都是值的。我真是高兴啊。”

她不说话了。她回想起那条水面宽阔、河水泛黄混浊的河流，她就在那条河的岸边，生活了那么久。落日的余晖洒在水面上，波光粼粼，成群的白鹭飞快地掠过水面，朝着河的下游飞去，然后飞散开去。它们好像一串洁白的音符，激起一片涟漪，清新甜美得像春天一样，它们是一段美妙的琴声，用一把无形的竖琴，被一只无形的手弹奏出来。白鹭拍打着翅膀，沿着绿树葱葱的两岸飞翔，直到融进苍茫的暮色，就像一个幸福的人脑子里洋溢的快乐的思绪。

“不久，琼生病了。整整三个星期，我们一直忐忑不安。找不到比在吉所罗更近的医生了，我们只好让琼接受当地的一名药剂师的治疗。孩子病好之后，我就带她去了河口，想让她呼吸一下新鲜的海洋空气。我们待在那儿有一个星期之久。除了那次我因为生琼离开家，这还是我第一次离开哈罗德。河口那儿的住所附近有个小渔村，房子都搭建在木桩上，但我们还是觉得孤单。我很想念哈罗德，心中满怀柔情，那一刻我觉得我爱他。所以当看到来接我们的普拉胡帆船时，我特别高兴，因为我想告诉他。我觉得这对他意义非凡。我简直无法描述我内心的喜悦。回程途中，船夫告诉我，弗朗西斯已经去了内地两三天了，去抓捕一个谋杀丈夫的女人。

“我很意外，哈罗德竟然没来码头接我，在这种事情上，他一向表现得礼貌有加，他总是说，夫妻间应该相敬如宾，我想不出他会被什么事缠住脱不开身。我沿着小山坡往上走，那间孟加拉式平房就在山坡上。我的后面，是保姆领着琼。小屋里安静得出奇，好像没有一个仆人，我不知道发生了什么事。我心想，或许哈罗德没料到我回来得这么快，所以出去了。我走上台阶。琼喊着口渴，保姆就领她去了下房，想给她弄点喝的。起居室里没有哈罗德。我喊他，但是无人应答。我很是失望，因为我特别希望他在家。我走进卧室，看到了正躺在床上睡觉的哈罗德，原来他没有出门。我突然觉得有趣，因为他一向自诩自己没有睡午觉的习惯，他不赞成我们白种人养成那种习惯。我轻轻地走近床边，我想吓唬他一下。我掀开蚊帐。他脸朝上躺着，身上只有一条纱笼，身边是一个空的威士忌的瓶子。他喝醉了。”

“他又故态复萌了。我多年的努力全都白费了。我的梦想破灭了。一切希望都没有了。我怒不可遏。”

米莉森特的脸色又变得通红，看起来阴郁极了，两只手紧紧抓着椅子的扶手。

“我拽着他的肩膀，拼命摇晃他。‘你这个禽兽，’我叫道，‘你这个禽兽!’我生气极了，完全不知道自己在做什么，不知道自己在说什么。我只是不停地摇晃着他。你们想不到他的样子有多恶心，肥头大耳的，裸着上半身；他的胡子好几天都没刮了，脸色发紫，脸也肿得厉害。他喘着粗气。我对他大吼大叫，可他没有半点反应。我想拖他下床，可他太重了。他躺着一动不动，就像一根木头。‘睁开眼睛。’我大声嚷道。我又拽着他拼命摇晃。我恨他，比任何时候都要恨他，因为有一个星期，我的整个身心都爱着他。他对不起我。他太对不起我了。我要告诉他，他是个多么肮脏的禽兽。可是我没办法让他知道。‘睁开你的眼睛。’我大声叫喊道。我一定要让他睁开眼睛，看着我。”

米莉森特舔了舔自己干涸的嘴唇。她的呼吸有些急促，因为她说不出话了。

“要照我说，就他当时的状况，还是让他睡着比较好。”凯瑟琳说。

“床边的墙上有一把帕兰刀。你们知道，哈罗德就喜欢那些古董。”

“‘帕兰刀’是什么?”斯金纳太太问道。

“别犯傻了，孩子他妈，”斯金纳先生的口气很不耐烦，“你身后的墙上就有着一把呢。”

他指了指那把马来短刀，不知为什么，他的目光一下子就凝固在那个东西上。斯金纳太太也突然蜷缩到沙发的一角，很害怕的样子，感觉就像有人告诉她，她身旁盘着一条蛇。

“突然，哈罗德的喉咙里喷涌出一大股鲜血。喉咙上有一道大红口子。”

“米莉森特，”凯瑟琳尖叫着，猛地站起来，朝她的姐姐扑了过来，“凭上帝起誓，你为什么这么说?”

斯金纳太太吓得站了起来，瞪着两只眼睛，嘴巴张得大大的。

“那把帕兰刀离开了墙，到了床上。这时，哈罗德睁开了眼睛。那双眼睛和琼的一模一样。”

“可我不太明白，”斯金纳先生说，“照你所说，如果他当时是那个状态，怎么可能自杀呢？”

凯瑟琳愤怒地抓着姐姐的肩膀摇晃。

“看在上帝的分上，米莉森特，请说清楚。”

米莉森特挣脱了妹妹的手。“我说过了，帕兰刀挂在墙上。我也不知道发生了什么。血弄得到处都是，哈罗德睁开了眼睛。他没能说话，只是喘了口气，当场就死了。”

这时，斯金纳先生缓过神来，张口说话。

“你真是歹毒，那是谋杀！”

米莉森特满脸通红，眼中带有轻蔑而仇恨的神色，她瞪了他一眼，吓得他倒退了半步。斯金纳太太叫道：“米莉森特，难道是你干的吗？”

这时，米莉森特的举动——呵呵地笑了，让他们感到全身冰凉，血管里的血都好像凝成了冰。

“还能是别的什么人吗？”她说。

“我的天！”斯金纳先生嘟囔道。

凯瑟琳愣在那儿，手捂着胸口，像是害怕心脏随时会跳出来。“后来呢？”她问。

“我发出了一声尖叫，跑到窗前，推开窗户。我大声呼叫保姆。她从院子那边跑过来，带着琼。‘琼别过来，’我喊道，‘别让琼过来。’她将孩子托给厨师照顾。我催她快点。她上楼后，我就把哈罗德指给她看。‘老爷自杀啦!’我大叫道。她吓得大叫，转身跑了出去。

“没人敢靠近。大家都吓坏了，不知道做什么才好。我给弗朗西斯先生写了封信，告诉他这里发生的事，催他马上回来。”

“你是怎么告诉他的？”

“我说，我从河口回来，发现哈罗德躺在床上，喉咙被割断了。你们知道，在热带地区，人死了必须尽快下葬。我弄了一口中国棺材，士兵们就在‘屯堡’后面挖了一个墓。哈罗德下葬都快两天了，弗朗西斯先生才回来。弗朗西斯还很稚嫩，我很容易应付他。我对他说，我发现哈罗德手里握着那把帕兰刀，很明显，他是在谵妄症发作时自杀的。我给他看空酒瓶。仆人们也告诉他，我一离开家前往海边，他就又开始酗酒。在吉所罗，我也是那样说的。大家对我都很同情，我还从政府那儿得到了一笔抚恤金。”

有好长一段时间，大家都一言不发。最后，斯金纳先生第一个缓过神来。

“在法律方面，我是一个专业人士。身为一个律师，我应该承担某些职责。人们尊敬我们。你让我的处境变得很难堪。”

他绞尽脑汁地想着，想从他混乱的思绪中搜寻那些跟他躲藏的词语。米莉森特瞥了他一眼，眼含蔑视。

“你想怎么样?”

“那是谋杀，毋庸置疑，你觉得我该保持沉默吗?”

“别胡说啦，爸爸，”凯瑟琳厉声说道，“你不能告发自己的亲生女儿。”

“你让我的处境变得很难堪。”他重复道。

再一次，米莉森特耸了耸肩，说：“起初不是你们逼我说来着？我独自忍受这件事情太久了，现在该轮到你们也来忍受一下了。”

这时，房门被女仆推开了。

“老爷，戴维斯开着车，已经在下面等着了。”她说。

凯瑟琳假装一脸镇定，说了几句，女仆就离开了。

“我们该出发了。”米莉森特说。

“我如今还怎么去赴宴，”斯金纳太太惊惶地大声说道，“我的脑子乱极了。我们该用什么态度去面对海伍德一家人呢？更何况，主教还想认识你。”

米莉森特挥了挥手，满不在乎的样子，依然眼含讥诮。

“我们不能不去，妈妈，”凯瑟琳说，“要是连我们都不去，那岂不是很奇怪。”她怒气冲冲地转向米莉森特。“哎呀，我觉得我们大家的生活都被这件事情搞乱了！”

斯金纳太太看着她的丈夫，不知所措。他走过去，伸手扶着她从沙发上起来。

“孩子他妈，恐怕我们必须得去啊！”他说。

“可我头上这顶帽子上，还有哈罗德亲手送给我的白鹭羽毛呢。”她哽咽着说。

他扶着她走出房间，后面紧跟着凯瑟琳，米莉森特走在最后，离他们一两步远。

“你们慢慢就会习惯这事儿的，”她慢慢悠悠地说道，“一开始，我心里也老想着，可现在常常两三天都想不起来。看来没什么危险。”

他们没有应声。他们穿过门厅，走出前门。斯金纳先生坐到司机的旁边，三位女士坐在汽车的后座。这是一辆没有自动启动器的旧车，戴维斯走到车前，用手摇动曲柄发动引擎。这时，斯金纳先生回过头，狠狠地瞪了米莉森特一眼。

“你不该告诉我那些事情，”他说，“你真的很自私。”

戴维斯坐到驾驶座上，发动了车子，载着他们前往卡农家的花园宴会。

诺　言

我老婆不是一个守时的人。所以，跟她约定在克拉里奇饭店吃午餐后，我特意迟到了十分钟，结果她还没到，我对此并不在意。我坐下来，要了一杯鸡尾酒。适值盛夏，大厅里用餐的人很多，只有两三张桌子空着。有些人随意地用一点餐后，就坐着喝咖啡。也有些人像我一样对着一杯没有果香的马丁尼酒，兴味索然地摆弄着。女人们都穿着鲜艳的夏装，显得既快活又迷人；男人们呢，看起来也都很温文尔雅。不过我还是有些闷闷不乐，因为这些人的外表对我没什么吸引力，我也就没什么在这儿等待一刻钟的兴趣。尽管他们看起来衣冠楚楚，举止文雅，打扮时髦，也算得上风度潇洒，可他们看起来都差不多，就像是一个模子造出来的。我对他们一点也不好奇，要不是出于耐心，我才不会这样望着他们。

时钟已经指向了两点钟，我饿得肚子咕咕叫。我老婆说她既不戴玉镯也不戴手表，因为玉镯容易发绿，手表也常常停滞不走。她认为这一切都是不祥之兆。我倒不在乎她戴不戴玉镯，不过，我有时想：如果她能按时上发条，表就不会停啦。我正想着，一个服务员走了过来，一脸诡秘地告诉我（和他们的语言相比，似乎他们传来的信息往往更不吉祥），有一位女士刚刚打来电话，说她有点儿事要办，就不能和我吃午餐了。

我迟疑了一会儿。说实话，在这拥挤不堪的地方，一个人吃饭确实不太舒服，不过，现在去俱乐部，时间好像又有点晚了，我于是决定：既来之，则安之。我慢慢走进餐厅。对某些时髦的人来说，在上流饭店里能够被管事称名道姓，是莫大的荣耀。虽然我向来不在乎这个，但是在今天这个场合，要是没有饭店管事的冷眼相待，我或许会觉得更好受些。那位女管事板着脸，看着我就像看一个仇人一样，告诉我位子都被订完了。我失望极了，对着这间宽敞堂皇的大厅环顾一周后，突然高兴地看到了一个熟人，伊丽莎白·弗蒙特太太。她是我的老朋友。她笑了笑，我注意到，她身旁的位子空着，便走了过去。

“你愿意怜悯一下一个饥饿的人，让我坐在你的旁边吗?”我问。

“啊，欢迎。不过我快吃完了。”

她的小桌正好挨着一根大柱子。等坐下后，我发现，尽管餐厅里熙来攘往，但我们却一点儿也不会被外界干扰。

“我运气真不错，”我说，“我都饿得发晕了。”

她的笑容很迷人，虽然没有立即为她的面颊增添光泽，但是却一点儿一点儿地让人觉得妩媚动人。这笑容先是停留在嘴角边一会儿，而后慢慢地渗透进那双晶莹的大眼睛里，凝聚成温柔的目光。谁都不能否认，伊丽莎白·弗蒙特姿色出众。当她还是一个少女时，虽然我并不认识她，但很多人跟我说过她当时是多么可爱，以至于让人激动得热泪盈眶。我毫不怀疑这一点，因为眼下的她尽管年过半百，却仍然拥有无与伦比的美貌，甚至让那些像鲜花一样盛开的年轻姑娘们也要甘拜下风。我讨厌女人往脸上涂抹脂粉，因为看上去千篇一律。我认为，香粉、胭脂和口红会减损她们的自然美，是很不明智的做法。但是，伊丽莎白·弗蒙特的化妆是为了改善自然，而不是为了模仿自然。人们对其化妆的效果常常赞叹不已，以致于都顾不上问她究竟用了什么灵丹妙药。她使用的化妆品总是恰如其分，非但没有削弱她的自然美，反而增强了美感。我想，她那头乌黑亮泽的头发，应该是染过的。她坐得笔直，好像从不乐意在椅子上懒散地靠一会儿。她身形苗条，穿一身黑色缎子衣服，曲线分明，朴素大方，给人以一种美的享受。除了她脖子上挂着的一长串珍珠项链之外，她身上的首饰就只有一只镶着一颗绿色大宝石的结婚戒指，在绿宝石暗淡光辉的衬托下，那双手显得格外白皙。唯一令人感到遗憾的是她那双涂着红指甲油的手，因为它明显地暴露了她的年龄。它不像少女的手那样柔软，在丰满的关节上露出小窝窝儿。我相信要不了多久，这双手就将变得像一只食肉鸟的爪子一样难看。

作为女人，伊丽莎白·弗蒙特的确是很了不起。她出身高贵，父亲是圣厄斯公爵七世。十八岁时，她嫁给一个大富豪，从此就过上了放纵奢侈、荒淫无度的生活。她骄傲得不顾谨慎，鲁莽得不考虑后果。不到两年，她丈夫就因为她闹出了太多丑闻而提出了离婚。后来，她和案件中的三个被告人之一结了婚，但十八个月后又抛弃了那个人，接着便是一连串的情场角逐。

因为生活放荡，她声名狼藉。她那动人的姿色和骇人听闻的品行日益吸引人们的关注，她每一件放荡的行为很快就会成为人们茶余酒后的谈资。一些体面人越来越讨厌她，认为她是一个荡妇、一个赌棍、一个挥金如土的人。虽然她不忠于她的情夫，但是她对朋友却十分忠诚，所以她的身边总有那么一些人，他们不在乎她的放荡行为，坚信她是个很好的女人。她性格直爽，生性活泼，大胆开放；她待人真诚，心胸宽广，绝不是个虚伪的人。正是在这样的情形下，我结识了她。因为，名流女人在生活失意时，总喜欢把精神寄托在艺术上，而不是像过去那样借宗教解脱苦恼。当她们被自己同阶层的人们冷眼相待时，常常自降身价来到作家、画家和音乐家的圈子，希望找到一点儿安慰。我发觉她是个让人开心的伙伴，是那种敢于自由自在吐露心声的人（这样能省下许多宝贵的时间），而且非常聪明。对于自己耸人听闻的过去，她的描述总是显得很诙谐。她的谈吐尽管不能给人们以教益，但也不让人讨厌，因为，不管怎么说，她这个人很守信用。

后来，她做了一件让大家震惊的事。在她四十岁那年，她结婚了，和一个二十一岁的年轻人。朋友们认为这是她一生中做过的最疯狂的事。一些曾经与她同甘共苦过的人甚至因此和她断交，因为觉得她不该这样欺负一个天真无知的孩子，这样真是太无耻、太过分了！人们预计将会有一场灾难发生，因为伊丽莎白·弗蒙特跟一个男人从来没有相亲相爱地生活过六个月以上。对此，朋友们也持相同的看法。只有让她的丑行被这个可怜的年轻人识破，才能促使他脱离她。

最后的结果是，人们失算了。我不知道是不是岁月改变了她，还是她被彼得·弗蒙特天真、纯朴的爱情感动了，反正是她摇身一变，成了一个贤惠的妻子。他们的经济境况并不好，她过去虽然挥金如土，可如今却变成十分节俭。她突然开始在乎自己的名誉了，外界对她的恶意诽谤也因此销声匿迹了。她唯一关心的，就是彼得的幸福。没有人再怀疑她对他有真诚的爱情。从此，人们不再在茶余酒后谈论伊丽莎白·弗蒙特了。看起来，她的故事已经翻篇了，她完全变成了一个新的女人。连我自己也不禁沉浸在这样的念头里：等到她年过花甲、满头白发时，回顾自己的一生，她那荒唐的往事就会像是另一个人的故事，是一个去世很久的、与自己素不相识的人的故事。因为，女人们都有一种令人嫉妒的本领——健忘。

可是，谁又能预料到命运的变化呢？一眨眼，一切都变了，彼得·弗蒙特在经历了十年的理想婚姻生活后，突然发疯般地爱上了一个叫巴巴拉·坎顿的姑娘。她是个很漂亮、很可爱的姑娘，有着一头蓬松的金发，她的父亲是一度当过外交部副部长的罗伯特·坎顿。不过，她的容貌还是比不上伊丽莎白夫人。许多人都知道这一切，却没有人知道伊丽莎白·弗蒙特是否知晓。人们都很好奇，好奇她将如何处理这样一件她从未遇到的事情。以前她总是一个抛弃者，还从来没有成为过一个被抛弃者。当时我想：她肯定会对可怜的坎顿小姐来个来势凶猛的袭击，因为我知道她机智、勇敢。

当我们坐在那儿一边用餐一边交谈时，我脑子里一直萦绕着这个想法。她的表情和往常一样，快乐、迷人和坦率，一点儿看不出烦恼的样子。她仍和往常一样谈笑自若，让我们丰富多彩的话题变得轻松活跃。我高兴极了。我想一定有某种奇异的力量，让她意识不到彼得的变心，难道是她对彼得的爱情太伟大了，以致她从来没想过，彼得对她的爱情也会改变吗？

我们吃晚饭，喝着咖啡，又抽了几支香烟。她问我什么时间了。

“两点四十五分。”

“我得叫人结账啦。”

“让我一起付，好吗?”

“当然可以。”她笑了笑。

“你急着走吗?”

“我三点钟要和彼得见面。”

“噢，他好吗?”

“他很好。”

她微微一笑，笑容还是那么迷人，不见一丝慌张。但是，我似乎感觉其中有一丝嘲笑的味道。她犹豫了片刻，望着我，表情十分慎重。

“你喜欢意外的事，是吧?”她说，“恐怕你绝不会想到，我现在不得不去做一件事吧?我今天早晨给彼得打电话，约他三点钟见面。我打算向他提出离婚。”

“天呀……”我惊叫了出来，脸涨得通红，不知说什么好，“我以为你们感情不错。”

“你以为大家都知道的事情，我会蒙在鼓里？我还不至于有那么愚蠢。”

她不会轻易听信别人的话，所以我也没办法装糊涂。我缄默了片刻。

“你干吗答应离婚呢？”

“罗伯特·坎顿这个人十分保守，即使我跟彼得离了婚，他会不会让巴巴拉嫁给彼得，还说不定呢。至于我，你知道我离了好几次婚了，我根本不在乎多离一次，还是少离一次。”说完，她耸了耸她那美丽的肩膀。

“彼得想要娶她，你怎么知道的？”

“他爱她爱得发狂。”

“他告诉你的？”

“没有。他都不知道我看出了这件事。他最近十分苦恼。可怜的人儿，他一直在尽最大努力，希望不要伤害到我。”

“也许他只是一时冲动，”我贸然地说，“会过去的。”

“不会的。巴巴拉年轻又漂亮，是个挺好的姑娘，他们是很相配。再说，即便是转瞬即逝的一时冲动，又有什么关系呢？问题的关键在于他们现在爱得缠绵难分。我大彼得十九岁，老得足够做他母亲了，如果一个男人不再爱这样一个老女人，你想他会回心转意吗？你是一位小说家，对人性问题肯定比我懂得多。”

“你干吗要做出这样的牺牲呢？”

“十年前，他向我求婚时，我对他说过：‘你什么时候想自由了，我就给你自由。’你明白，我们的年龄相差这么大，我认为那样才算公平。”

“那么，你是在遵守一个他并不要求你遵守的诺言了？”

她轻轻摆了摆她那双纤细的手。她手上那颗绿宝石闪烁着的暗淡的光芒，我突然觉得那是一种不祥的征兆。

“呃，我必须这么做，你明白的。一个人的所作所为应该有君子风度。坦白说，我之所以今天到这儿吃午饭，就是因为我已经做出了决定。当初，他就是在这张桌子上向我求婚的，那天我们一起到这儿来吃饭。而且我现在坐的位子，就是当时我坐的位子。唯一的麻烦就是，我对他的爱一如从前。”

她沉默了片刻，咬了咬牙，决然地说，“好啦，我想我该走啦。彼得可不喜欢别人不守时。”

她看了看我，眼神寂寥，就像一个孤军奋战的人。我突然注意到，她浑身发软，几乎没有力气从椅子里站起来。但是，她笑了笑，猛地一下子站了起来。

“请让我送送你，好吗？”

“最多送到饭店门口。”她笑着说。

我们穿过餐厅和大厅，来到饭店入口处，守门人为我们拉开了转门，我问她，“要给你叫一辆出租车吗？”

“不，我更愿意走一走，天气真不错，”她向我伸出手，“我很高兴见到你。明天我要出国去旅行，不过整个秋天可能会待在伦敦。请电话联系我。”

她微笑着冲我点点头，转身离去了。我看着她走向戴维斯大街。午后的空气像往常一样温和，就像春天的和风；头顶上是蔚蓝的天空，几片白云悠闲地漂浮着。她走路的身子还是那么挺拔，头部的姿态还是那么优美。她苗条可爱的身段，引得过往行人纷纷注目。我看见她冲一个向她脱帽致意的熟人礼貌地点了点头。我认为，他绝对不会想到，在这一切美丽的背后，是一颗破碎的心。我愿意再重复一遍：她是一个非常忠实的女人。

蚂蚁和蚱蜢

早在孩提时，大人就教我读拉封丹的寓言，并仔细为我讲解每则寓言的寓意。在我读过的寓言故事中，有一则叫做《蚂蚁和蚱蜢》，它的用意是告诉年轻人一个教训：在这个并不完美的世界，勤奋会有收获，游手好闲则会被惩罚。这则绝妙的寓言（我很抱歉，虽然我在这里要讲的好像是大家熟知的，但其实不然）讲的是：为了储备冬天的食物，蚂蚁在夏天终日忙碌，而蚱蜢却悠然地蹲在草叶上，对着太阳歌唱。寒冬来临，蚂蚁食物储备充足，生活舒适，而蚱蜢却没吃没喝，饥肠辘辘。它只好找到蚂蚁，想乞讨一点食物，而蚂蚁的回答就是那句经典的话：

“你夏天都干什么去了?”

“真是惭愧，那时我一整天都在歌唱”。

“你唱歌啊，那好，你再去跳舞吧!”

我并不太信服这样的教训，倒不是因为我生性偏激，而是孩童时代的我逻辑推理能力差，是非观念模糊。我十分同情蚱蜢，有一段时间，我甚至一看见蚂蚁就会去踩踏它。我企图用这种任性的举动，来表示我对这种谨小慎微的处世态度的不认同。后来我发现，我的这种举动其实很合情合理。

有一天，我在饭店里看到正在吃午饭的乔治·拉姆齐，不禁想起了这则寓言。我从来没有见过有人像他那样愁容满面，郁郁寡欢。他的两只眼睛呆滞无神，仿佛全世界的重担都压在他一人肩上。我真为他难过。我立即猜到，肯定是他那个不争气的弟弟又找他麻烦了。我走向他，伸出我的手。

“你好啊?”我说。

“我一点儿也不好。”他回答道。

“怎么啦，汤姆又找麻烦了？”

他叹了口气：“唉，就是他。”

“你干吗不和他断绝关系？你对他已经仁至义尽了。现在你总该知道，他根本无药可救！”

我想，家家有本难念的经。二十年来，汤姆一直让乔治很头疼。开始时，汤姆的生活还不错：做着买卖，成了家，有了两个孩子。拉姆齐一家在当地是很有名望的，人们都以为汤姆·拉姆齐肯定会做出一番体面辉煌的事业。可是，有一天，汤姆突然就宣称：他不喜欢工作，也不适合结婚，他要一个人逍遥自在地生活。他无视大家的规劝，抛弃了妻子，脱离了工作，带上自己的积蓄，在欧洲的都会度过了两年快乐逍遥的日子。他在那段时间的所作所为，不时传到亲戚的耳中，让他们大为震惊。汤姆玩得很高兴。亲戚们却摇着头想：等他把钱花光了，该怎么办呢？很快，他们就知道了答案——借债。

他十分机灵，而且肆无忌惮。我从来没有见过像他这么会借钱的人，能连续不断地从朋友那儿借到钱，而且他又很容易结交朋友。他常说，把钱花在柴米油盐醋上毫无意义，只有花在吃喝玩乐上才痛快。在这方面，他依赖哥哥乔治。乔治为人忠厚，容易被弟弟的花言巧语迷惑。有一两次，他轻信了弟弟改邪归正的诺言，给了弟弟一大笔钱，希望帮助他悔过自新。汤姆用这些钱买了一辆汽车和几件漂亮的珠宝。很快，乔治就发现他的弟弟再也不可能悔过自新，于是决定放手不管了。从此，汤姆就开始恬不知耻地敲诈起哥哥来了。有时，在常去光顾的饭店里，乔治会看到弟弟在酒吧间里调鸡尾酒；有时，在律师俱乐部门口，乔治会看到弟弟在开出租汽车；有时，乔治会看到弟弟在四处打杂。作为一个律师，乔治是非常爱面子的，他觉得弟弟的行为是不光彩的。但汤姆说，在酒吧间里调酒或当出租汽车司机都是蛮不错的工作，不过，如果乔治能给他二百英镑，为了维护家庭的声誉，他也可以放弃这类工作。

有一次，因为诈骗，汤姆险些进了监狱。乔治感到很忐忑。汤姆干了丢人现眼的勾当。这家伙真是太不像话了。虽然汤姆这个人十分任性、轻率、自私，但乔治认为，他以前毕竟还没坑害过别人，也就是说还没干过犯法的事。如果他这次被起诉，肯定会被判刑。然而，你总不能看着自己唯一的弟弟进监狱吧！被汤姆诈骗的人叫格朗肖，他扬言要进行报复——把这件事告到法院。他说，汤姆是个恶棍，理应受到惩罚。这件事让乔治十分头疼，最后他给了格朗肖一张五百英镑的支票，才了结此事。没想到，汤姆和格朗肖一起把支票换成了现金，然后一起去蒙地卡罗快活了一个月。得知真相后，乔治气得要死，他真是被弟弟伤透了心。

二十年来，汤姆赛马、赌博、跳舞，与最漂亮的姑娘厮混，在最豪华的饭店吃喝，穿最华丽的衣服，他总是衣着考究！尽管他已经年过四十六，但他看起来就像三十五岁左右。他为人风趣，虽然你知道他品行不好，可是你还是会喜欢与他交谈。他总是兴致盎然，衣饰华丽，有着神乎其神的魔力。出于生存的目的，他会定期向我借钱，作为他哥哥的老朋友，我总是慷慨解囊。每次借给他五十英镑，我还总感到是我欠了他的情。总之，汤姆·拉姆齐认识很多人，很多人也都认识他。你可能不会赞赏他，但你会不由自主地喜欢他。

可怜的乔治，虽然他仅仅大他的弟弟一岁，但看上去却像一个六十多岁的老头子。二十五年来，他每年的假期都不会超过两个星期。每天上午九点半，他开始在办公室工作，忙到下午六点才离开。他诚实、勤奋、品行端正。他有一个贤惠的妻子，对于妻子，乔治从来没有过不忠的念头；他有四个女儿，在女儿眼里，乔治是世界上最好的父亲。他储蓄下自己三分之一的收入，计划到五十五岁退休时，搬到乡下去住，在那里种种花，打打高尔夫球，颐养晚年。

乔治这一生白璧无瑕。他渐渐老了，但他并不难过，因为汤姆也在变老！他搓着手说：“汤姆年轻帅气的时候，日子是好过。可他也只比我小一岁啊，四年后他也满五十岁了，那时，他的日子就不会好过了。而我到了五十岁时，就存下三万英镑了。二十五年来，我一直说，汤姆必将晚景凄凉。让我们看看，到那时他会怎么想！我们等着瞧，到底是勤奋的人能得善报，还是懒惰的人能得善报！”

可怜的乔治，我真同情他！现在，我坐在他旁边，猜想汤姆又干什么丢人现眼的事情了，乔治显然被他弄得心神不宁！

“你知道发生什么事情了吗？”他问我。

我猜想是发生了最糟糕的事，比如汤姆被警察抓走了？乔治表现得太激动了，几乎连话也不会说了。

“你不会否认，我一辈子都在努力工作，是一个为人正派、生活体面、性格直爽的人吧？我辛辛苦苦地干了半辈子，唯一的期望不过是退休后能有一笔退休金。在上帝为我安排的生活环境中，我始终履行着自己的职责。”

“说的没错。”

“你也不能否认，汤姆一直是一个游手好闲、品格卑下、放荡无耻的家伙。假如真有正义存在，他就应该待在收容所里。”

“说的没错。”

因为激动，乔治的脸涨得通红。

“几个星期前，他订婚了，和一个年龄大得足以做他母亲的女人。现在那个女人死了，把所有的财产都留给了他：五十万英镑、一艘游艇、一所伦敦的高级公寓、一处乡下的房产。”

乔治攥紧拳头，砰的一声砸在了桌子上。

“真不公平，真是太不公平啦！真是太不公平啦！”

看着乔治怒气冲冲的样子，我忍不住哈哈大笑。我坐在椅子上笑个不停，差点掉到地上去，以致乔治至今都没有原谅我！而汤姆，却经常邀请我到他的高级公寓去做客，享用美味佳肴。如果说他偶尔还会找我借点钱，那完全是习惯使然，而且绝不会超过二十先令！

三个胖女人

有三个女人，一个是里奇曼太太，是个寡妇；另一个是萨克利夫太太，是个美国人，离过两次婚；还有一个是希克森小姐，是个老处女。这三个女人都年过四十，生活富裕，日子过得无忧无虑。萨克利夫太太的教名有点怪，叫“埃罗”（Arrow，意为“箭”）。在她还是一个身材苗条的姑娘时，她是很喜欢这个名字的，因为这个名字和她很相称。虽然这个名字常常被人拿来开玩笑，但因为是恭维话，她听了反而很开心。她认为这个名字是自己性格的真实写照，象征着“直率”“敏捷”“果断”。可如今，她开始不喜欢这个名字了，因为她不再拥有纤细的身材，她如今变得臃肿不堪，膀大腰圆，又粗又壮，连随心所欲地买一件合身的衣服都变得很困难了。人们不再敢当面拿她的名字开玩笑，只敢背后说一说。她心里清楚，关于这个名字的玩笑已不再是热情的恭维话了。虽然她已人到中年，可她并不甘心。她仍喜欢穿天蓝色的衣服，因为这会让她的眼睛更有神；她花费了大量心思在自己的一头金发上，只为让它富有光泽。她之所以喜欢皮翠丝·里奇曼和弗朗西斯·希克森两人，就是因为她俩都比她胖得多，这样就会显得她苗条一些。这两人的年纪都比她大，她们都把她当一个小姑娘看待。这都是让人高兴的事。她们的性格都很随和大方，常常以她的情人为题，跟她开一些善意的玩笑。而她俩早就对这事不感兴趣了。说实在的，希克森小姐从来没想过这事。话虽如此，她们却不讨厌她的卖弄风情，不用说，早晚有一天，埃罗会使第三个男人得到幸福的。

“不过您的体重可不能再增加了，亲爱的。”里奇曼太太说。

“看在上帝的份上，您可一定得找个会打牌的。”希克森小姐说。

她们认为，埃罗的男朋友的年纪应该在五十岁左右，保养有道，举止出众，而且是一位能打一手好高尔夫球的退役上将，或者是一个无儿无女的鳏夫，最重要的是收入一定要优渥。埃罗安静地听着，但心里却并不赞同。没错，她是打算再嫁人，不过她想象中的丈夫是：头衔响亮、眼睛炯炯有神、黝黑而瘦削的意大利人，或者是有贵族血统的西班牙绅士，年龄在三十岁以下。她曾不止一次地对着镜子端详自己，认为自己最多像三十岁的人。

希克森小姐、里奇曼太太和埃罗·萨克利夫三人是好朋友。她们走到一起是因为肥胖，成为朋友则是因为桥牌。三人最初认识的地点是卡尔斯伯德。在那里，三个人住同一家旅馆里，被同一个医生用同一种残忍的治疗方法虐待。皮翠丝·里奇曼虽然身型粗壮，但五官标致，眼睛大大的，总是涂着胭脂和口红。她是个拥有一大笔财富的寡妇，这让她觉得很安慰。可她嘴特别馋，喜欢吃黄油面包、奶油、马铃薯和黄油布丁。一年中有十一个月她都在尽情狂吃，剩下的一个月就到卡尔斯伯德减肥。但她还是一年比一年胖。她埋怨医生，但医生一点儿也不同情她。对于造成这一后果的种种显而易见的原因，他一一为她指出。

“可如果我不能吃自己喜欢的东西，那生活还有什么乐趣呢?”她申辩道。

医生耸耸肩，表示不赞同。后来她告诉希克森小姐，说她开始怀疑这医生并不如她所想的那么聪明。希克森听了捧腹大笑。她就是这样：一副大嗓门；两只小眼睛在暗黄色的大扁脸上闪动着；两手插在口袋里，走路时总是懒洋洋的；只要没人注意，就在嘴里叼一支细长的雪茄；在穿衣打扮上，她总是喜欢穿得像个男人。

“我穿有褶皱和花边的衣服，那得像什么呀？”她说道，“要是您像我这么胖，您也会只想穿得舒服的。”

她穿一身粗呢服，脚上是一双笨重的长筒靴，能不戴帽子就不戴帽子。但她壮得像头牛，曾夸口说击球比她远的男人没几个，她说话特别直接，骂起人来比码头工人还难听。她的名字虽然是弗朗西斯，但却喜欢大家叫她弗兰克。她喜欢使唤人，但很讲究策略。她们三人之所以形影不离，和她爽朗的性格有很大关系。她们一起喝矿泉水，一起洗矿泉浴，一起散步，一起在专业人员指导下，绕着网球场跑来跑去，一起在一张餐桌上吃那份量少得惊人的减肥套餐。没有什么东西能影响她们饱满的情绪了，除了磅秤。只要其中一人某一天过完磅秤，发现当天的体重没有比前一天减轻，无论是弗兰克的粗俗笑话，还是皮翠丝的温婉体贴，或是埃罗的腼腆可爱，都无法驱散这朵乌云。接下来，是严厉的治疗措施：须卧床二十四小时，期间只能喝医生的拿手汤——像涮白菜后的白开水一样的一流菜汤外。

世上再找不到比她们三个还要好的人了。假如不是桥牌必须四个人打，她们三个一定不会让外人加入。她们酷爱桥牌，每当一天的疗程结束，她们就会开始打牌。别看埃罗娇滴滴的，其实她的牌打得最好，既厉害又高明，毫不手软，绝不放过对手的任何失误。而皮翠丝则老练稳重。弗兰克则喜欢先发制人，是个桥牌理论家，开口闭口都引经据典。在按什么规矩叫牌上，她们曾有过很长时间的争论，互相引用卡尔伯森和西姆斯的话来争辩。无论她们谁打出一张牌，都能说出一堆大道理，可再听下去，你又会发现，即便她不打那张牌，她们也能说出一堆大道理。如果不是经常为找不到旗鼓相当的牌友烦恼，她们的生活其实挺不错的，即使医生那倒霉的（皮翠丝说的）、该死的（弗兰克说的）、讨厌的（埃罗说的）磅秤宣布：她们的体重在两三天内一点儿也没减轻，因而必须在二十四小时内只喝那不堪入口的菜汤。

正是由于这个原因，弗兰克才邀请了莉娜・费茨来昂蒂布和她们同住。本故事要讲的正是这件事。她们是接受弗兰克的提议，去那儿消磨几个星期的。皮翠丝刚结束治疗，按理可以减掉二十磅，但她偏偏管不住嘴，使得体重一下子又反弹回去了。弗兰克觉得这事真让人想不通。她觉得皮翠丝意志力薄弱，她的饮食必须要由一个意志坚定的人来监管。于是，她提议离开卡尔斯伯德后去昂蒂布租一间房子，让大家得到充分的锻炼——众所皆知，游泳是最瘦身的运动——如果条件允许，还能继续治疗。有个自己的厨师，至少能够避免吃到那些容易使人发胖的食物。这样看来，大家应该会多减几磅。皮翠丝知道怎么做对她最有利，只要诱惑不在她眼前，她就把持住自己。更何况，她喜欢赌钱，一星期去赌场赌上两三次，日子也会很快活。埃罗很喜欢昂蒂布，在卡尔斯伯德待完一个月后，她一准能光彩照人。在那儿，她可以从整天穿着游泳裤和鲜色浴袍四处闲逛的意大利小伙儿、热情似火的西班牙人、殷勤体贴的法国人，以及手长脚长的英国人中，挑选自己的意中人。

计划进行得很顺利，大家都玩得很开心。她们每星期有两天只吃煮鸡蛋和生番茄，每天早上还照样轻松过磅。埃罗减到了十二石（注：一石 = 十四磅），她感觉自己就像个小女孩似的。皮翠丝和弗兰克则靠某一特定的站立办法，让体重维持在十三石以下。她们买的磅秤虽然以公斤为单位，但她们很聪明，一眨眼就能把公斤换算成磅和盎士。

但桥牌三缺一的问题一直没有解决。她们不是嫌这个打牌傻里傻气，就是嫌那个又慢得让人生气；不是嫌这个好吵架，就是嫌那个输不起，还说有的人简直就像是骗子。她们不明白，为什么找个合心意的牌友这么困难。

一天早上，她们穿着睡衣，坐在阳台上，一边看海，一边喝茶（无牛奶，无糖），一边吃着赫德伯特医生特意为她们定制的不会增胖的面包干。这时，弗兰克读完手中的信，抬起了头。

“莉娜·费茨要来里维耶拉（意大利和法国之间的一处春光明媚的避寒地）了。”她说。

“她是谁?”埃罗问道。

“是我一个表哥的妻子。两个月前，我表哥去世了，她得了神经衰弱症，正处于恢复期。我邀请她来这儿待两个星期，怎么样?”

“她会打桥牌吗?”皮翠丝问道。

“她当然会打，”弗兰克用她那低沉的声音说道，“而且打得好极了。这下我们就不用再找外人了。”

“她多大?”埃罗问道。

“和我同岁。”

“这主意不错。”

事情就这样定了。弗兰克一向做事果断，一吃完早餐，她就去发电报了。三天后，莉娜·费茨便到了。弗兰克去火车站接她。她穿一身黑色服丧服，但并不太惹眼。弗兰克有两年没见到她了，她先是热情地亲吻了她，然后开始打量她。

“你真瘦呀，亲爱的!”她说。

莉娜鼓起勇气笑了笑。

“我最近遇到不少事，体重减了不少。”

弗兰克叹了一口气，不知道是出于羡慕，还是对表哥的死感到惋惜。

尽管如此，莉娜的情绪并不算特别低落。她草草地洗了个澡，就跟着弗兰克去伊登罗克了。弗兰克向她的两个朋友介绍了客人后，大家便在一个叫“猴屋”的餐厅坐了下来。这里的四面墙壁都是玻璃，可以瞭望大海，后面是一个酒吧，酒吧里人声鼎沸，人们穿着泳衣、睡衣或是浴袍，坐着喝饮料。皮翠丝心地善良，很同情这位孤单的寡妇。而埃罗见她脸色苍白，相貌普通，年纪大约在四十八岁左右，也立即喜欢上了她。这时，一个服务员走了过来。

“您喝点什么，亲爱的莉娜?”弗兰克问道。

“哦，我随便，你们想要什么，不带甜味的马丁尼，还是白葡萄酒?”

埃罗和皮翠丝飞快地瞥了她一眼。她们都知道鸡尾酒最容易使人发胖。

“走那么远的路，您应该累了?”弗兰克温和地说。

她给莉娜要了一杯不带甜味的马丁尼，给自己和两位朋友各要了一杯柠檬橘子汁。

“天太热了，我们觉得不适合喝酒。”她解释道。

“啊，天气对我一点影响都没有，”莉娜语气轻快地说，“我喜欢喝鸡尾酒。”

尽管埃罗擦了胭脂，她的脸还是有些苍白（她和皮翠丝两人游泳时从不打湿脸。她们还认为，像弗兰克大块头的女人，还说自己喜欢潜水，真是可笑)，但她什么也没说。大家愉快地交谈着，津津有味地谈论着眼前的事物。不一会儿，大家便漫步回到别墅，准备吃午饭了。

每人的餐巾上放着两小块特制的减肥面包干。莉娜面带微笑，将它们搁到餐盘的旁边。

“可以给我来点面包吗？”她问道。

即便再难听的话，也不如这一句让这三个女人震惊。她们已经有十年没有吃过面包了，即便是最嘴馋的皮翠丝都不敢吃。首先恢复意识的，是弗兰克。

“当然可以喽，亲爱的。”她说，然后吩咐男管家拿些面包来。

“再来点儿黄油。”莉娜用她那悦耳的声音说。

现场安静极了，静得让人尴尬。

“我不知道屋里有没有，”弗兰克说，“我去看看。或许厨房里会有。”

“我特别喜欢在面包上抹黄油，难道你们不喜欢？”莉娜扭过头，问皮翠丝。

皮翠丝露出一个苦笑，没有说话。男管家端来一长条松脆的法国面包。莉娜把它分成两半，拿着像是变魔术般变出来的黄油，往上涂。接着，又来了一盘烤鲽鱼。

“我们这儿通常吃得很简单，”弗兰克说，“希望您不会介意。”

“哦，不会。我喜欢吃得清淡点，”莉娜边说边往鱼上涂黄油，“只要有面包、黄油、马铃薯和奶油，我就很满足啦。”

三人相互看了一眼。弗兰克那张大扁脸似乎更暗黄了，她看着自己盘里这条淡而无味、干巴巴的鲽鱼，索然寡味。最后，还是皮翠丝打破了僵局。

“多扫兴，这儿买不到奶油，”她说道，“在里维耶拉，你不吃奶油也没事。”

“真可惜。”莉娜说。

接着上的菜是：为了避免皮翠丝误入歧途、没有一丁点肥肉的羊排，清水煮菠菜，最后是清水煮梨。莉娜尝了一口梨子，看了看男管家，眼神里充满质问，善于察言观色的男管家看懂了她的眼神，毫不犹豫地递给她一罐白糖。莉娜自顾自地往水煮梨里放了许多白糖，其他三人只装作没看见。咖啡端上来后，莉娜在自己的杯里放了三块方糖。

“看来您很爱吃甜的。”埃罗努力让自己的语气显得友好。

“我们觉得糖精要比糖甜得多。”弗兰克说着，在自己的咖啡里放了一点点糖精。

“我可看不上那玩意儿。”莉娜说。

皮翠丝噘着嘴，望着那一块块的方糖，垂涎欲滴。

“皮翠丝!”弗兰克的语气十分严厉。

皮翠丝吞了一口口水，伸手去拿糖精。

等到大家坐到桥牌前，弗兰克才松了口气。她明白埃罗和皮翠丝心里不高兴。她真心希望她俩能够喜欢莉娜，也期望莉娜能跟她们一起度过愉快的两个星期。第一局里，由埃罗和新来的人叫牌。

“您想打范德比尔特，还是卡尔伯森?”她问她。

“我打牌没有什么定规，”莉娜洒脱地说道，“只凭自己的感觉。”

“我是严格遵照卡尔伯森法打的。”埃罗的语气十分尖刻。

三个胖女人摆开阵势，准备和她好好辩论一番。她打牌确实毫无章法，一定要让她受到教训。一开始打桥牌，弗兰克就不讲情面了，她和其他两个人一样，一心想着好好教训一下这位新来的客人。但凭灵感打牌的莉娜却打得十分顺手。她在桥牌上很有天赋，经验丰富，因而出牌快而狠，信心十足。其他三人的牌技自然也十分高超，她们很快就发现莉娜好像知道对手要出什么牌。但由于她们都是性格随和、胸怀宽广的人，对莉娜的火气也就慢慢消了。这才是真正的打桥牌，每个人都玩得很尽兴。埃罗和皮翠丝对莉娜的好感迅速上升，弗兰克见了，十分欣慰。成功就在眼前了。

两小时后，牌局结束了。弗兰克和皮翠丝要去打高尔夫球，埃罗要和新认识的一位青春可爱的帅哥罗卡麦尔亲王来一次轻松愉快的散步。莉娜则说她想休息一会儿。

吃晚饭前，大家又聚到了一起。

“您还好吧，亲爱的莉娜，”弗兰克说道，“我很抱歉，让你一个人独自待了这么久。”

“嗨，这没什么抱歉的。我好好睡了一觉后，还去胡安酒家喝了一杯鸡尾酒呢。您知道我发现了什么？您听了准得高兴坏了。我发现了一间小茶馆，那儿卖的奶油又浓又新鲜。我让他们每天给我送半品脱来。也算是我对大家的一点儿心意。”

她两只眼睛闪闪发亮，很明显，她正等着看她们高兴的样子。

“您人真好，”弗兰克说，看得出她正努力消除其他两位朋友脸上的怒气，“不过我们从来不吃奶油。在这种天气吃奶油，容易让人大动肝火。”

“那我只好一个人享用它喽。”莉娜兴高采烈地说道。

“你难道不担心你的身材？”埃罗语带机锋。

“医生说我一定得吃。”

“医生让你一定要吃面包、黄油、马铃薯和奶油？”

“对啊，我想这就是你们说的吃得简单吧。”

“这样你会很快变胖的！”皮翠丝说。

莉娜发出爽朗的笑声。

“不，不会的。您不知道，我吃什么都不会变胖。我从来都是想吃什么就吃什么，半点影响都没有。”

接下来，现场又陷入了尴尬的沉默，直到男管家进来，才打破了僵局。

“小姐们，可以开饭啦。”他说。

那天夜里，莉娜睡觉后，大家就在弗兰克的房间里议论开了。晚上的时候，她们还很高兴，相互打闹，即便是眼光最锐利的人都被她们装出来的友好蒙骗过去了。但是眼下，每个人都撕下了伪装：皮翠丝闷闷不乐，埃罗一肚子怨气，弗兰克也失去了信心。

“她吃着我特别爱吃的东西，而我就坐在旁边看着，心里真是太难受了。”皮翠丝难过地说。

“我们都不好受。”弗兰克马上回了一句。

“你就不应该让她来。”埃罗说道。

“我哪里知道啊?”弗兰克嚷道。

“我总觉得，她要是真心爱她丈夫，就不该有这么好的胃口，”皮翠丝说，“她丈夫毕竟才去世两个月呀。我是说，我们至少应该怀念一下死去的人吧。”

“为什么她不能吃得和我们一样呢?”埃罗恶狠狠地说，“她可是来做客的。”

“喂，你可都听到她的话了，医生说她必须得吃呀。”

“那她该去疗养院。”

“我真是忍不了啦，弗兰克。”皮翠丝呻吟着。

“如果我能忍受，你们也能忍受。”

“她是你的表亲，和我们可没有什么关系，”埃罗说道，“要是天天看这女人大快朵颐，我可在这儿忍不了十四天。”

“那么看重吃，简直是庸俗，”弗兰克的嗓门比任何时候都低沉，“毕竟真正有价值的东西，应该只有精神。”

“你觉得我很庸俗，弗兰克？”埃罗眨着眼睛说。

“不，她没有这个意思。”皮翠丝插嘴道。

“你敢说你没想过：趁我们都睡着了，偷偷地跑去厨房大吃大喝。”

弗兰克一下子跳起来。

“你竟然这么想我，埃罗！我自己做不到的事情，绝不会要求别人去做。这么多年了，你还不知道我吗，你觉得我是这么卑鄙的人吗?”

“那你的体重为什么没有变化?”

弗兰克气得哭了出来。

“你说得太刻薄了！我已经减了好多磅了。”

弗兰克像个孩子一样抽泣，庞大的身体不停地颤动，大颗大颗的泪珠滴落在她那巨大的胸脯上。

“亲爱的，我不是那个意思。”埃罗哭道。她跪下来，伸开圆滚滚的胳膊，紧紧抱住弗兰克，也哭了起来，眼泪弄花了她的睫毛膏，流了一脸。

“您是说我看上去还是那么胖吗?”弗兰克呜咽道，“我辛苦锻炼，难道都是白费劲儿?”

“不，亲爱的，你看上去当然瘦了不少，”埃罗流着眼泪哽咽道，“大家有目共睹。”

皮翠丝虽然生性温柔，但也开始小声啜泣，这场面真是心酸。说实在话，看到像狮子一样勇猛的弗兰克放声痛哭，只要不是铁石心肠的人，都会为之动容的。好在难过的情绪没有持续太久，不一会儿，大家就擦干了眼泪，喝了点掺水白兰地（所有医生都认为这是她们能喝的最不增胖的酒类），心情又变好一点了。大家认为，莉娜还是应该听医生的话，吃得营养一些；同时她们下定决心：自己一定不能受她的饮食影响。莉娜的桥牌技术无疑是一流的，再说她也就住两个星期，应该尽量让她住得开心。解散前，三个人还热情地彼此吻别，心情格外地舒畅。看来，任何事都影响不了曾经为三个人的生活带来无限欢乐的非凡的友谊。

但人性是脆弱的，你绝不能有过高的要求。她们吃干巴巴的烤鱼时，莉娜吃香喷喷的乳酪黄油通心粉；她们吃烤羊排和煮菠菜时，莉娜吃鹅肝酱；她们一周两回吃煮鸡蛋和生番茄时，莉娜吃奶油烧豌豆和各种方法烹饪的土豆。厨师借着这个机会，尽情地表现自己的好厨艺，做出一道又一道更丰富、更美味的佳肴。

“可怜的吉姆，”莉娜想起亡夫，叹了口气，“他生前最爱吃法国菜。”

男管家透露，他会调制好几种鸡尾酒；莉娜也说，医生让她午餐喝葡萄酒，晚餐喝香槟。三个胖女人咬牙坚持着自己的立场，照样谈笑风生（女人都有伪装的天赋），尽管皮翠丝早已精神不振，眼神悲苦；埃罗的蓝眼睛也不再温柔，变得冷峻；弗兰克的声音深沉得沙哑。于是，一到了桥牌桌上，那种剑拔弩张的氛围就呈现了出来。她们以前打牌喜欢讨论，但语气都很友好，如今说话却常常夹枪带棒，如果有人直接指出别人的错误，讨论就会演变成争论，继而演变成争吵。有时候一整局，大家都憋着火不吭声。有一次，弗兰克说埃罗故意拆她的台；有两三次，就连脾气最温和的皮翠丝都哭了；还有一次，埃罗赌气地扔下牌，自己走了。三人越来越爱吵架。这时，莉娜总是做和事佬。

“我觉得，没必要为打牌吵架，”她说道，“大家只是玩玩罢了。”

她倒过得顺心，每天酒足饭饱。更可气的是，她的手气也特好，赢光了她们的钱。每局的得分都记在一个本子上，她的积分日渐升高，稳步上扬。难道世上真没有公平可言？她们开始相互憎恨。尽管她们也恨她，但却忍不住要向她倒苦水。每个人都找她诉苦，说别人有多么讨厌。

埃罗说，她不该成天和比自己老得多的女人来往，这对她没半点好处，她甚至想不管自己那份租金，去威尼斯过完夏天剩下的日子。

弗兰克则说，她在思想上是个男人，像埃罗这种轻浮的人和皮翠丝这种蠢货，要想她对她们满意，简直是痴人说梦。“我应该和有水准的人交谈，”她说道，“您要是像我一样头脑机灵，您肯定也愿意跟机灵的人相处。”

皮翠丝则只想图个清静。“说真的，我讨厌女人，”她说，“女人都不靠谱，都很恶毒。”

等莉娜快待满两个星期时，三个胖女人已经是水火不容了。当着莉娜，大家还装作和和气气的样子，等她一离开，就撕下了伪装。她们已经不屑于和对方吵架了，而是选择完全无视对方，如果无视不了，就冷着脸应酬一下。

莉娜应朋友的邀请，要去意大利的里维耶拉住些日子，弗兰克送她到火车站。莉娜乘坐的就是她来时的那趟火车，随身带走的还有她从她们那儿赢走的一大笔钱。

“我真不知道该怎样感谢你们，”她一边往车厢里走，一边说，“这次出行真是太好啦。”

假如说和任何一个男人相比，有一点让弗兰克特别自豪的话，那便是她是个很绅士的女人。她的回答既落落大方又彬彬有礼：“我们很高兴你能来，”她说，“这是我们莫大的荣幸。”

但当火车启动后，她一转过身子，就长长地呼出一口气，震得月台都在颤动。她晃动着庞大的肩膀，大步走向别墅的方向。

“呼！”她每走几步，就喘息一声，“呼！”

到家后，她换上了游泳衣，套上男款睡衣（没有人说闲话），穿上一双平底凉鞋，走向伊登罗克。午餐时间还没到，还可以游一下泳。经过猴屋时，她朝里面张望，想看看有没有熟人，以便打个招呼。因为，她突然觉得自己该和别人和睦相处。这时，她愣住了。她真不敢相信自己看见的，原来皮翠丝正孤零零地坐着那儿，身上穿着前两天在摩莉娜丝买的睡衣，脖子上戴着一串珍珠项链。弗兰克一眼就看出，她刚烫过头发，脸上、眼睛和嘴唇都化着妆。她虽然胖——不对，是超级肥胖——但谁都得承认，她是个漂亮的女人。可她为什么在这儿？弗兰克迈着其特有的尼安德塔人的懒散步伐，走到了皮翠丝面前。裹着黑色游泳衣的弗兰克，看起来活脱脱就是就一条日本人在托雷斯海峡捕获的海牛。

“皮翠丝，你怎么在这儿？”她扯着低沉的嗓子嚷道。

她的声音就好像是从远处山峦传来的阵阵雷声。皮翠丝冷眼瞧着她。

“我在吃东西哩。”她答道。

“该死的，我知道你在吃东西。”

皮翠丝面前，摆着一盘羊角面包、一盘黄油、一罐草莓酱、一壶咖啡和一罐奶油。皮翠丝正往香味扑鼻的面包上涂抹黄油，然后是果酱，最后浇上稠稠的奶油。

“你这样会毁了自己的。”弗兰克说。

“我一点儿也不在乎。”皮翠丝往嘴里塞满面包，低声咕哝道。

“你会增加很多磅的。”

“见鬼去吧！”她这样做其实是在当面嘲讽弗兰克。天哪，这些面包真好吃啊！

“我对你太失望了，皮翠丝。我还以为你是一个坚强的人呢。”

“都是你的错。那个该死的女人，你早该打发她走。两个星期来，我看着她像猪一样大吃大喝，谁受得了呀。这回就算把肚皮撑破，我也要先大吃一顿。”

弗兰克的眼泪涌出眼眶。她忽然间觉得自己变成了一个软弱的女人，多么希望有个强壮的男人把她抱在膝上，轻声安抚她。她一言不发地坐在皮翠丝旁边的一张椅子上。一个服务员走了过来，她手指着咖啡和羊角面包，挥了下手。

“我要一份和这一样的。”她的语气很是无奈。

当她漫不经心地伸手去拿面包时，皮翠丝一把抢过盘子。“不行，这是我的，”她说道，“你还是等着吃你那份吧。”

弗兰克骂了她一句，用了一个在关系亲密的女人间很少用的词。这时，服务员为她端来了羊角面包、黄油、果酱和咖啡。

“奶油呢？你这蠢货！”她朝他吼道，就像一头陷入绝境的母狮。

她开始拼命往嘴里塞食物。这时，洗完海水浴、晒完太阳浴的人们陆续走了进来，打算喝一两杯鸡尾酒。不一会儿，埃罗偕罗卡麦尔亲王姗姗而来。她披着一条漂亮的丝质披肩，一只手紧紧地将它围在身上，以便尽量让自己看上去苗条些，她努力仰着头，以免让他瞧见自己的双下巴。她发出爽朗的笑声，感觉自己像女孩子般年轻。亲王刚才还用意大利语称赞她：你的眼睛真美，衬得蓝色的地中海简直就像是豌豆汤。亲王暂时告别她，去洗手间梳理他那黑油油的头发。他们讲好五分钟后去喝点东西。埃罗也朝女洗手间走去，她打算再补一补两颊的腮红，还有口红。途中，她看见了弗兰克和皮翠丝，停下了脚步。她简直不敢相信自己看见的。

“天哪！”她嚷道，“你们这两个畜生，贪吃的猪猡。”她抓着一张椅子，高声叫着，“服务员。”

她突然忘记了约会。很快，服务员就过来了。

“照这两位女士的，给我来一份。”她吩咐道。

正埋头狂吃的弗兰克抬起她那笨重的大脑袋。

“再拿点鹅肝馅饼。”她吼道。

“弗兰克！”皮翠丝嚷道。

“闭嘴。”

“好吧。给我也来点。”

很快，咖啡、热乎乎的面包、奶油以及鹅肝馅饼端来了。三个人往鹅肝馅饼上涂抹奶油，大口吃了起来，同时还一大勺一大勺地往嘴里舀果酱，嘎吱嘎吱地嚼香脆可口的面包。此时，爱情对埃罗算什么呢？让亲王一个人守着他的罗马皇宫和亚平宁山脉古堡好了。她们顾不上说话，因为眼前的食物比一切都重要，她们只铆足劲儿地吃，吃得兴高采烈。

“我整整二十五年没碰过土豆了。”弗兰克沉思了一番，说道。

“服务员，”皮翠丝嚷道，“再来三份炸土豆。”

“好的，夫人。”

土豆送来了，那味道比阿拉伯的香料还香，她们干脆用手抓着吃。

“我要一杯不带甜味的马丁尼酒。”埃罗说道。

“没吃晚饭不能喝马丁尼呀，埃罗。”弗兰克说道。

“不能？你等着瞧吧。”

“那好。我要一杯双倍不甜的马丁尼。”弗兰克说道。

“三杯双倍不甜的马丁尼。”皮翠丝说道。

酒一送来，就被她们一饮而尽。三个女人相互瞅瞅，然后叹了口气。两周以来的误会一下子消失了，她们简直不敢相信，自己曾经那么想掐断这么一段货真价实的友谊。

土豆被她们一扫而空。“不知道这儿有没有巧克力奶油小蛋糕。”皮翠丝说道。

“当然有。”

很快，她们要的巧克力奶油小蛋糕来了。弗兰克抓起一个就塞进嘴里，一口吞了下去，接着又抓起一个。但在吃之前，她看了另外两人一眼，将复仇的匕首朝万恶的莉娜的心脏刺去。

“不知道你们怎么看，可事实上是她的桥牌技术真是差劲透了。”

“确实很差劲。”埃罗附和道。

这时，皮翠丝突然觉得，她还要来一份蛋白酥皮饼。

红　毛

船长将一只手伸进裤子口袋，裤袋开在前边而不是两旁，他又是个胖子，所以，他费了好大的力气，才从口袋里掏出一只大银怀表。他瞅瞅表，又瞧瞧渐渐西沉的太阳。那个土著舵手瞅了瞅他，但没有吭声。船长看着渐渐靠近的岛，一道白泡沫标明了礁脉的位置。他知道那里有一个大豁口，也知道他这艘船能轻松通过它，等到船再靠近一点时，他期望看到那个豁口。还有一个钟头就要天黑了，环礁湖的水很深，他们可以随心所欲地抛锚。现在他已望见了椰子树丛里的那个村子，大副认识那个村的村长，在那里待上一晚上，倒是不错。这时，大副走了过来，船长转身迎他。

“我们自已带瓶酒，去那儿找几个姑娘跳舞。”他说。

“我看不见豁口在哪儿。”大副说。

大副是个土著汉子，皮肤黝黑，样子好像一个晚期的罗马皇帝，身材有发胖的趋势，不过他的五官倒是十分清秀，轮廓鲜明。

“我敢说豁口就在这儿，”船长举着望远镜四处搜索着，说，“为什么看不到呢？真是邪门，派个水手爬上桅杆去看看。”

大副命令一个水手爬上桅杆。船长看着那个土著爬上去，等他报告。可那个土著却冲下面嚷嚷说，他只看见一道连绵不断的泡沫。船长用他那听起来像土著话的萨摩亚（约位于夏威夷与新西兰中间的一个南太平洋岛国）话，对着那个土著破口大骂。

“还让他待在那儿吗？”大副问道。

“待那儿干嘛？”船长答道，“这个蠢货，什么也看不出来。要是我上去，我敢发誓，我绝对能一眼看到那个豁口。”

他怒气冲冲地看看那根细长的桅杆。土著爬惯了椰子树，爬桅杆完全没问题，可他不行，他实在太胖太笨重了。

“滚下来，”他大声嚷道，“你这只没用的死狗。我们只好沿着礁脉开，直到找到豁口。”

这艘七十吨的纵帆船装有柴油辅助设备，如果不逆风，一小时能走四五海里。这艘帆船已经被弄得脏兮兮的，很久很久以前，船身涂着漂亮的白漆，可现在船身又黑又脏，锈迹斑斑。它散发出一股浓烈的柴油味和椰子肉的味道，那是它经常装运的货物。现在，它已经离礁脉只有一百英尺了，船长叫舵手沿着礁脉，一直开到豁口处。驶了几英里后，舵手发现他们错过了豁口，于是又掉转船头，慢慢往回开。浮着泡沫的礁脉绵延不绝，而这时，天快黑了。船长对着愚蠢的舵手大声咒骂了一番，最终作罢，准备等到第二天天亮再说。

“调转船头，”他说，“这里可不能抛锚。”

船向海上驶去了一点，天就完全黑了。船抛了锚。当船帆都收拢后，船身开始拼命地摇晃起来。阿皮亚人说（萨摩亚的首都），总有一天，这条船会倒扣在海上。这条船的船主是个美籍德国人，开了一家大商店，他说过，不管给他多少钱，他都不会乘坐这艘船。船上的厨子是个中国人，穿着破旧不堪的白裤子和薄薄的白褂子，跑来叫大家吃晚饭。船长走进舱房，看到桌旁已经坐着机师了。机师个子很高，身材干瘪，脖子细长，穿着蓝工裤和无袖的运动衫，两只干瘦的胳膊上，从肘到腕都刺了花纹。

“真见鬼，得在海上过夜啦。”船长说。

机师没有吭声，他们默默地吃饭。舱房里的油灯很昏暗。他们吃了杏子罐头，晚餐结束后，厨子端来了茶。船长点了一支雪茄，登上了甲板。在黑衣的笼罩下，那个海岛看起来更加黑漆漆的。星光耀眼，只听得见浪涛拍打海岸的声音。

船长坐在甲板躺椅上，一副垂头丧气的样子，懒洋洋地吸烟。不一会儿，来了三四个水手。一个拿着班卓琴，另一个拿着六角手风琴。伴着他们的演奏，其中一个人唱起了歌。这些乐器演奏出的本地民歌，听起来别有风味。接着，有两个人开始随着歌声跳起舞来。那是一种粗犷原始的舞蹈，野性十足，节奏很快，人们的手脚飞快地舞动，身子不停地扭来扭去。它充斥着肉欲，甚至有些色情，而且是没有激情的色情，是一种完全动物性的释放，直率、古怪而毫不神秘，但一切又很自然，简直能让人感觉到孩子般的那种天真。最后，他们跳累了，就直接躺在甲板上睡着了，周围突然就安静了。船长费劲地站起身来，跨过同伴的身体。他走进舱房，脱掉衣服，躺在床上。这闷热的黑夜让他有点儿喘不过气来。

第二天早晨，太阳再次升起，照耀着宁静的大海，头天晚上他们错过的那个礁脉豁口，隐约可见它就在船东面不远的地方，纵帆船驶进了环礁湖。湖面平静如镜。透过珊瑚礁石的缝隙往下望，可以看到许多五彩斑斓的小鱼游弋其中。船长把船抛了锚，吃了早饭，就登上了甲板。万里无云，阳光虽然有些耀眼，但清晨的空气凉爽怡人。这是个感觉很静谧的礼拜日，静谧得仿佛大自然也在休息，这让船长的心情格外舒畅。他坐在甲板上，望着绿树葱茏的海岸，模样十分悠闲。过了一会儿，他的嘴角一点点翘了起来，将雪茄烟蒂扔进海里。

“我得上岸去看看，”他说，“放下小艇。”

他吃力地爬下舷梯，让人划着小艇送他到小湾去。沿着海边植满了椰子树，虽然排列得不整齐，但间隔却井然有序。他闲庭信步似地走过椰子树丛，沿着一条依稀可辨的小路，走到一条宽广的小河边。河上有一座小小的独木桥，是用十几根椰子树接成的，在接头处，撑着底端打进了河床的桩杈。人们就走在光溜溜的滚圆的树干上，又狭又滑，连扶手也没有。要上这样一座桥，脚步稳、勇气足是必需的。船长迟疑了片刻。当他看到对岸的树丛中，有一幢白人的房子时，于是狠下心，胆战心惊地上了桥。他小心谨慎地盯着自己的脚，树干衔接处都有点高低不平，他走这几处时，脚步有些不稳。等他迈过最后一根树干，双脚踏上河对岸的土地的一刻，他才松了口气，好像放下了一副重担。他刚才一直在聚精会神地过桥，根本没注意到有人在看他，因此，听到有人说话的声音时，不由得吓了一跳。

他抬起头，发现自己面前站着一个人。很明显，这人是从他刚才看见的那幢房子里出来的。

“我看到你犹豫了一下，”那人又说下去，嘴角微微翘起来，“我一直在等着看你掉下去。”

“才不会呢。”船长说，这会儿，他已经重拾了信心。

“我以前就掉下去过。我记得，那是一个黄昏，我打猎回来，连人带枪，全都掉下去啦。所以现在，我都要找个孩子来帮我背枪。”

说话的人已经不年轻了，下巴上留着的一小撮胡子已有点灰白，面孔瘦削。他穿着一件无袖衬衫，一条帆布裤子，光着脚。他说的英语略带点口音。

“你是尼尔森吗?”船长问道。

“是。”

“我知道你。我想你就住在这一片。”

船长跟着主人，进入一所小平房，笨拙地坐进主人指给他的椅子里。尼尔森出去拿威士忌酒和酒杯时，他趁机观察了一下屋子。这一看，不由得吓了一跳。他从来没看到过这么多书。四面的墙壁都是书架，从地板直到顶棚，密密麻麻塞满了书。一架大钢琴上，随意堆放着许多乐谱，一张大桌子上，一些书刊被摆放得乱七八糟。这屋子让他感到尴尬。他记得尼尔森脾气古怪，没人了解他，虽然他在岛上已经住了很多年，不过，所有认识他的人，都认为他脾气古怪。对了，他是个瑞典人。

“你这儿的书可不少。”尼尔森回来时，船长说。

“这没什么不好。”尼尔森笑了笑。

“这些书你都看过啦?”船长问道。

“绝大部分吧。”

“我也喜欢看点东西，我订了一份《星期六晚邮》。”

尼尔森给客人的大杯子中斟满了烈性威士忌酒，又递给他一支雪茄。船长主动而简单地介绍了一下自己。

“我昨晚到这儿的，但我没找到豁口，只得把船停在外面。我以前从没走过这条路线，我手下的人要给这儿送点东西。你认识一个叫格雷的人吗?”

“认识，他开了一家铺子，离这儿不远。”

“嗯，我们要交给他不少罐头食品，他还想卖掉一些椰干。人们觉得我与其待在阿皮亚，无所事事，不如跑一趟到这儿。我主要是跑阿皮亚与帕奇之间的那条线，不过，这会儿，那儿正在闹天花，做不了买卖。”

船长端起威士忌喝了一口，点燃了雪茄。他不爱说话，可尼尔森这人让他感到特别紧张，而一紧张他就想说话。这个瑞典人直愣愣地看着他，那双深色的大眼睛里露出很有兴趣的眼神。

“你这儿收拾得挺整齐。”

“我费了不少工夫。”

“你这些树都长得很好，你肯定费了不少心思照顾。椰干现在是紧俏货。我自己在乌波鲁也有一个小种植园，不过后来卖掉了。”

他又看了屋子一圈，那些书让他生出一种肃穆感。

“不过，我想，你可能会感到有点寂寞吧。”他说。

“不，我已经习惯了。我在这里住了二十五年了。”

这时，船长无话可说了，他只能闷头抽烟。很显然，尼尔森并不打算打破沉默。他打量着他的客人，陷入了沉思。客人是个超过六英尺的高个子，身材肥胖，脸色发红，长满疙瘩，脸颊布满青筋，五官都好像掉进了肥肉堆里，他的眼睛发红，脖子上也是一圈圈肥肉。他的头发几乎掉光了，只剩余后脑勺那一小绺近乎白色的长卷发，他的大额头闪闪发亮，本来这应该让他看起来很聪明，如今却反而显出他一脸痴呆相。他穿着的斜纺卡其裤和蓝色法兰绒衬衫很旧了，领口大开，露出肥硕的、满是红毛的胸口，他十分笨拙地坐在椅子里，挺着大肚皮，叉开着两条肥腿，显得四肢都软绵绵的。尼尔森在想，这个人年轻时会是什么样呢，他怎么也无法想象这个庞然大物曾是个活跃敏捷的小伙子。船长喝完了威士忌，尼尔森把酒瓶推给他。

“请自便。”

船长往前倾了倾身子，伸出一只大手抓住了酒瓶。

“那么，你怎么会来到这儿呢?”

“啊，我是出于健康的目的。我的两个肺都坏了，医生说我最多活一年。你看，他们都说错了。”

“我的意思是，你为什么选择在这儿定居?”

“我是个感性的人。”

“噢!”

显然，船长没有明白他的话，尼尔森知道，他瞥了一眼船长，深色的眼睛里满含嘲讽。或许正是因为船长的粗蠢、迟钝，他才突然有了继续说下去的兴趣。

“你过桥的时候，光顾着保持身子平衡，所以没有注意到，但是大家普遍认为这儿的环境很美。”

“你在这里的小房子确实很可爱。”

“啊，我刚来这里的时候，还没有这房子。这儿原来有一间土草房，屋顶是蜂窝式的，有柱子，整所房子遮在一棵开满红花的大树的阴影之下，还有黄叶的、红叶的、金叶的巴豆丛，形成一个五彩缤纷的围篱。椰子树到处都是，就像一个个沉湎于幻想、爱慕虚荣的女人，终日对着水面顾影自怜。那时候，我还年轻——天哪，已经是四分之一个世纪以前的事啦——我要趁我还有口气，在我所能抓住的这段短促的时间里，享受一下美妙的人间生活。我觉得，这里是我一生中见过的最美的地方。我第一次到这儿，就激动得不行，差点哭出来。那时我还不到二十五岁，虽然，我努力假装满不在乎，可我其实不想死。不知为什么，看到这地方的美景，我似乎比较能够接受我的命运了。我觉得，一踏上这里的土地，我就告别了我过去的一切。斯德哥尔摩（瑞典首都）和那儿的大学，还有波昂（前西德首都），好像全都与我无关，好像我终于找到了我们那些哲学博士——你知道，我也是一个哲学博士——一直讨论的那么起劲的‘实在’。‘一年’，我告诉自己，我还有一年。这一年我要待在这儿，然后欣慰地死去。”

“我们在二十五岁的时候，都是幼稚可笑，一点儿也不理智，就像在演蹩脚的话剧。不过，正因为这样，我们才能在活到五十岁时，变得明智。”

“请喝一杯吧，我的朋友。希望你没被我这番胡言乱语吓到。”

他伸出一只细瘦的手，朝酒瓶挥了挥，船长一口气喝光了杯子里剩余的酒。

“你都没怎么喝。”船长一边说，一边伸手去拿酒瓶。

“我戒酒了，”瑞典人微笑着说，“我认为自我陶醉有更妙的方法。不过，或许那只是口出狂言而已。总之，那样效力更为持久，结果也没那么多坏处。”

“听说现在许多美国人吸食可卡因。”船长说。

尼尔森轻声笑了一笑，说：“不过，我很少见到白人，”他又继续说道，“我觉得，偶尔喝几口威士忌也不会对我有什么害处。”他给自己倒了一点儿威士忌，加上苏打水，呷了一口。

“很快，我就发现这里为什么会美得超凡脱俗了。爱情曾经光临过这里，时间很短，就像一只候鸟在飞越海洋时偶然遇见一艘船，就暂且收起它那疲惫的翅膀那样，一种美妙的激情的芳香萦绕在这儿的上空，那香味就像我家乡牧场上的五月山楂。我觉得这个给过人们爱或苦痛的地方，似乎一直保存着一种至今尚未完全消逝的淡香，好像这给予了他们一种含有精神意义的东西，这些东西如今还对路过的人有着神秘的影响。我真希望，我能把这些讲明白。”他略微笑了笑，“不过，就算我讲明白了，我想你还是理解不了。”

他停了一下。

“我觉得，这地方之所以美丽，是因为爱情的欢乐一度光临。”说到这里，他耸了耸肩，“不过，或许这只是因为年轻人的恋爱和合适的环境的巧合，满足了我的审美观而已。”就算是一个比这位船长聪明一些的人，如果听到尼尔森这番话，也会觉得莫名其妙。因为尼尔森的话似乎在自嘲，就好像他是出于感性说的这些话，而他的理智则认为这种感情用事加上怀疑主义，那往往就不知道会导致什么结果一样。

他沉默一会儿，然后望着船长，眼神露出一丝困惑。

“你知道，我总觉得，我以前在哪儿见过你。”他说。

“我可不确定。”船长答道。

“看到你的脸，我总觉得很熟悉，这真是奇怪。我一直觉得迷惑。不过，我想不起我在什么地点和什么时间见过你。”

船长坚决地耸了耸他那肥厚的肩膀。

“我来到这些海岛有三十年了。这么长时间，一个人不可能把所有他见过的人都记住。”

尼尔森摇了摇头。

“你知道，有时候，人就是会产生这么一种感觉，去到一个他以前从来没去过的地方，会觉得特别熟悉，我看到你就是这种感觉。”他顽皮地笑了笑，“说不定我们上辈子认识。也许，也许你是古罗马的船长，我是摇桨的奴隶。你在这些海岛上有三十年了吗?”

“整整三十年。”

“你认识一个叫做红毛的人吗?”

“红毛?”

“我只知道他叫这个名字。我没见过他本人，从没见过。不过，我似乎比了解其他人更了解他，比如说和我的几个兄弟相比，尽管我多年来和他们天天在一起。但是红毛却活在我的想象里，像保罗·马拉特斯塔或者罗密欧那样形象鲜明清晰。不过，我想你恐怕从来没有读过但丁或者莎士比亚吧?”

“我没读过。”船长说。

尼尔森吸了一口雪茄，将身子靠在椅背上，茫然地望着在无风的空中袅袅升腾的烟圈。他嘴角露出一丝微笑，眼神却很严肃。接着，他瞅瞅船长，看见船长那粗俗、臃肿的身躯中有一种格外令人厌恶的东西，一种因为这种肥胖而显得过分自信的神气，这真是让人难以忍受，这真是让尼尔森的神经绷紧。可是，他面前的这个人，和他心中所想的那个人相差简直太多，这似乎让人欣慰。

“红毛算得上是人们见过的一个最漂亮的人了。我同当时许多认识他的人——白种人——谈过，他们都认为，你第一眼看到他时，一定会震惊于他的美貌。因为他有一头火红的长发，天然卷曲，所以人们叫他红毛。这种奇妙的颜色让拉斐尔前派画家如醉似狂。我不认为他会因此而自豪，他太天真了，不会这样做的，不过，如果他这样做，也不会受到责怪。他有六英尺一二高——这里原来的那间土房里，有根撑着屋顶的主柱，上面就记着他的高度——他宽肩细腰，外貌就像希腊神话里的天神阿波罗，有着普拉克希特利斯（古典时期晚期的雕刻家）刀下的那种柔滑与丰满的身躯，还有那种温柔的女性美，其中自有一种不可思议的使人烦恼的东西。他的皮肤白皙细腻，光滑得像缎子一般，简直就像女人的皮肤。”

“我年轻时皮肤也很白。”船长说，发红的眼睛里闪了闪。

但是，尼尔森没有搭理他。他这会儿正在讲故事，他讨厌别人插嘴。

“他那张脸，也像他的身躯一样美。一双蓝色大眼睛深邃极了，因此，也有人说是黑色的。此外，和一般红头发的人不同，他的眉毛颜色很深，睫毛很长，颜色也很深。他五官标致，十分完美，尤其是他那张嘴，真像一个鲜红的伤口。他当时二十岁。”

讲到这里，尼尔森戏剧性地停了下来，呷口威士忌。

“他真是举世无双。从来没有一个人比他更美，这感觉就像是一株野生植物，却开出了奇葩之花。他是造物主制造的意外惊喜。

“有一天，在你今早上停船的那个小湾，他上了岸。他是个美国水手，他从一艘停泊在阿皮亚的军舰上逃了出来。舰上一个好心肠的土著人可怜他，帮他登上了将要离开阿皮亚到萨福托的一艘单桅船，后来，他坐着独木舟在这里上岸。我不知道他为什么要逃跑。也许是他厌烦了军舰上枯燥的生活和种种束缚，也许是因为他闯祸了，也许是因为他疯狂迷上了南海和这些古老神秘的岛屿。不知道为什么，人们有时会对这些地方着迷，那感觉就像是一只闯进蜘蛛网的苍蝇。或许他内心有软弱之处，看见这些青山碧海以及和风，他身上那北方人的刚劲一下子就消失了，就像达利拉轻松拿掉了那个拿细耳人的力气。总之，他想隐藏自己，他觉得，这个与世隔绝的偏僻隐蔽的角落是很好的藏身之处，那艘军舰驶离萨摩亚前，他应该不会被找到。

“本地人在小湾上建了一间小屋，当时他就站在那儿，不知道下一步该往哪里走，这时，一个年轻姑娘走出来，请他进屋。他听不懂本地话，年轻姑娘也不会说英语，可是，他明白她那笑容的含义和那优美的手势，他随她走了进去。他坐在草席上，接过她递来的几片菠萝。我只能根据传闻来谈红毛，不过，在他和那个姑娘初次相遇后的第三年，我认识了那个姑娘，那时，她也才十九岁。你绝对想不到她有多优雅、娇美。她就像一朵热烈奔放、绚烂多彩的木槿花般迷人。她个子高挑，身材纤细，有着土著人特有的秀美的五官，眼睛很大，就像棕树下宁静的两汪水潭；她的一头黑色卷发垂在背后，脖子上挂着一个芬芳馥郁的花环。她那双手小巧得可爱，十指特别纤细，简直让人无法呼吸。在那些日子里，她常常展露笑颜，笑得十分开怀，简直令看到她的人双腿发软。她的皮肤，仿佛夏天一片成熟的麦田。天呀，我无法描绘她的美，她实在太美了，美得简直不像凡间的人。

“这两个年轻人，她十六岁，他二十岁，一见倾心了。那是真正的爱，与同情、共同兴趣和相互理解没有半点关系，是质朴的、单纯的爱。那是亚当在花园里一觉醒来，看见夏娃正用那双水汪汪的眼睛凝望自己时，伸手去抚摩她的那种爱。那是创造人间奇迹的爱，那是创造了生命丰富含义的爱。这样的话，你从来没有听一位聪明而放荡不羁的法国公爵说过吧？他说，在情侣之间，总是一个人给予爱，另一个人接受爱；这真是残忍，却是我们绝大多数人不得不正视的真理，不过，有时候，也有两个人都给予爱，同时也接受爱。这样，人们也许就相信太阳确实不会转动，就像在约书亚向以色列人的上帝祷告时那样。

“即使到了今天，过了这么多年，我一想到这对年轻人，那么年轻、美丽、纯朴，一想到他们的爱，我的心就会剧烈地疼痛。这种完美无瑕的爱情撕碎了我的心，正如在某些夜里，我看到一轮落月挂在明朗的天空，照耀着环礁湖一样，让我心碎。一想到白璧无瑕的美，总是让人感觉痛苦。

“他们都是孩子。她可爱、善良、体贴。我虽然不了解他，但我总是认为，不管怎样，那时的他，是单纯、坦率的。我也认为他的身心都很美。不过，我也敢说，他就像人类蒙昧时期树林里的那些生物一样，心思单纯。那时候，他们用芦苇做笛子，用山泉洗澡，那时候，或许还可以看见长胡子的半人半马的怪物的背上驮着小鹿，飞跑过林中空地。心灵让人苦恼，等到人的心灵得到成长，他就失掉了伊甸园。

“唔，红毛来到这儿时，岛上的瘟疫刚刚过去，那是白人带到南海来的，瘟疫害死了三分之一的岛民。好像那个姑娘的至亲都死了，她当时寄居在一个远亲的家里。两个身形干瘪、满脸皱纹、腰弯背曲的老太婆，两个年轻些的女人，一个男人和一个小孩，就是这户人家所有的成员了。红毛在那儿住了几天。可是，或许他觉得那儿离海太近，容易碰上白人，会泄露他的踪迹，或许这两个相爱的人愿意单独待在一起，以便享受相聚的乐趣。一天早晨，这一对情侣上路了，身上只带着姑娘的几件行李。他们沿着椰子树下的草径前行，直到你所见的那条小河。你刚才走过的那座桥，他们也必须要走过，那个姑娘看到他害怕，开心地笑了。她扶着他上了桥，但他才走完第一根树干，就丧失了勇气，只得又走回去。他不得不脱光衣服，再大胆尝试一次。她则头顶着他脱下来的衣服，过了河。在那儿有一间空着的小屋，他们在那里住了下来。至于她是否拥有这间小屋（因为岛上的土地使用权十分复杂），还是屋主得瘟疫死了，我都不清楚，总之，没有人对他们提出抗议，他们就这么占用了它。两条睡觉的草席，一片破镜子，一两个碗，就是他们全部的家具。在这个快乐的小岛，一个家庭有这几件东西就足够了。

“据说幸福的人没有痕迹，一种幸福的爱情肯定也没有痕迹。他们成天无事可做，但还是觉得白昼苦短。那个姑娘本来有属于她自己的名字，但红毛管她叫萨丽。这种土著语言很简单，他很快就能熟练运用，他总是长时间躺在席子上，姑娘则快活地同他说个不停。他不爱说话，也许他的脑筋不太机灵。他不停地吸烟卷，烟卷是她用本地的烟草和露兜树叶做的。他看着她编草席，十只手指灵巧地动来动去。一些本地人常常跑来他们这里，无休无止地讲这个岛往日遭受部落战争骚扰时的故事。有时候，他到礁石上去钓鱼，回来时，篮子里装满了色彩鲜艳的鱼。某些晚上，他提着灯笼去捉龙虾。小屋的周围种着许多芭蕉，萨丽会烤芭蕉，以此作为他们俭省的饭餐。她十分擅长用椰子做出美味可口的食品，他们也吃河旁面包树上的果实。每到节日，他们就宰只小猪，在烧得火热的石头上烤，还一起用河水洗澡；每到黄昏，他们便划着船在环礁湖里游荡，船是那种有桨叉托架的独木舟。在夕阳照耀下，深蓝的大海变成了酒红色，就像荷马史诗里希腊的大海；但是环礁湖的颜色变化多端，它忽而是蓝宝石色，忽而是紫水晶色，忽而是翠绿色；太阳西沉的一刹那，它又变成了透明的金黄色。接下来又是珊瑚、棕、白、粉红、红、紫等颜色，形状也变化万千。这湖就像一个魔幻花园，鱼儿来去匆匆，就像是一群蝴蝶在翩翩飞舞。它光怪陆离，简直不像是真的。珊瑚间都是白沙铺底的水潭，这里的海水十分清澈，波光粼粼，真是洗澡的好地方。于是，在凉爽的薄暮中，他们快活地手搀着手，沿着柔软的草径，漫步走回小河彼岸，偶尔会惊起椰子树间一片飞鸟。接着夜晚来临，天空繁星闪闪，似乎比欧洲的天空更为辽阔，小屋的大门敞开，清风徐徐吹过，漫漫长夜很快就过去了。她十六岁，他也才过二十岁。清晨的阳光悄悄透过小屋的木柱，照进屋里，凝视着这两个相互搂着、睡在一起的可爱的孩子。太阳不愿打扰他们，藏在破烂的芭蕉树叶后面，可是，不一会儿，又戏弄似地投来一线金光，就像一只波斯猫伸出爪子，落在他们的脸上。他们睁开眼，睡眼惺忪，面露笑容，迎接这崭新的一天。时光飞逝，转眼一年过去了。他们的爱——是不是很热烈我不好说，因为热情背后总藏着一丝悲哀、辛酸或痛苦，我更愿意说，他们的爱全心全意、纯朴、自然，就像他们初次相遇时那样，他们那天一见面就清楚自己被爱神附身了。

“如果你问那时的他们，我敢打赌，他们肯定以为，他们的爱情不会结束。谁都知道，爱情的基本要素就是相信爱情本身是不朽的。然而，也许红毛心里一直有一颗十分细小的种子，虽然他自己没意识到，那个姑娘也没感觉到，但到了适当的时候，这颗种子就会渐渐变成厌倦。因为有一天，小湾的一个土著小孩跑来告诉他们，有一艘英国捕鲸船停在海岸那头。

“‘嗨，’他对她说，‘我想拿些芭蕉和芒果去换一两磅烟草。’

“尽管萨丽双手不知疲倦地给他做了好多露兜叶烟卷，但他并不满意，虽然它抽起来味道不错，也够浓烈。他突然很想吸真正的烟草，吸那种有着浓烈辛辣味的烟草。

“他吸板烟已经是好几个月前的事了。一想到板烟，他就口水直淌。人们会认为，如果萨丽能预见一种灾祸的先兆，一定会设法劝阻他，可是，完全被爱情占据身心的她，从未想过，这世上会有什么力量能让他离开。他们一起到山上去，摘了一大篮野橘，青青的橘子甜滋滋的，汁液饱满；在小屋周围，他们摘了芭蕉，又从树上采了椰子、面包果和芒果；他们拿着这些东西到达小湾，将它们放进摇摇晃晃的独木舟里，红毛带着那个给他们送来捕鲸船消息的土著小孩，一起划着船，沿着礁脉外边划去。

“这是她见他的最后一眼。

“第二天，那个孩子一个人回来了。她泪如雨下。下面就是那个孩子讲的故事。一个白人从舷侧看了一下，就让他们上船去。他们把水果带上船，红毛把它们堆在甲板上。那个白人和红毛说起话，后来，他们似乎商量出了一个结果。有一个人去下面，拿来了烟草。红毛立即抓了一点，点燃了烟斗。那孩子还很高兴地模仿了红毛从嘴里吐出一大串烟雾的样子。后来，他们对红毛说了几句话，红毛便进到了舱房里。从敞开的舱门，那好奇的孩子看见，人们拿出酒瓶和酒杯来，红毛就开始抽烟、喝酒。他们好像在问些什么，但他摇摇头，咧嘴大笑。最后跟红毛说话的那个人也咧嘴大笑了起来，并又给红毛斟了一杯酒。他们继续喝酒聊天，不久，那孩子看得累了，就在甲板上蜷着身子睡着了。后来有人用脚把他踢醒，他跳了起来，看到捕鲸船正慢慢驶出环礁湖。他看到红毛坐在桌边，脑袋沉重地搁在双臂上，睡得正香。那孩子想叫醒他，就朝他那边走去，不料一只手猛地地抓住他的胳膊，有个人一脸怒气地瞪着他，用手指着舷侧嘴里说些什么，可是他根本听不懂。那孩子大声叫喊红毛，可一转眼，人家就一把抓住他，把他扔下了海。他没有办法，只得游回去找他的独木舟，独木舟已漂远了，他把它推回了礁脉。他爬进独木舟，一边哭着，一边划着船回到岸边。

“发生了什么已经很清楚了。由于船员逃跑、生病，那艘捕鲸船急缺人手，红毛一上船，那个船长便想要雇佣他；遭到红毛拒绝后，船长就灌醉了他，拐走了他。

“萨丽悲伤得无法自拔。她哭了整整三天。那些土著想尽办法安慰她，可一点用也没有。她不肯吃东西。后来，她哭累了，性情变得阴郁、冷漠。她每天都跑到小湾那里，看着环礁湖，希望看到红毛想方设法逃回来，但一切都是徒劳。她长时间坐在白沙滩上，泪流满面，直到天黑，她才身心俱疲地过了小河，回到曾带给她无数幸福时光的小屋。那些在红毛来这个岛以前同她一起生活过的人，都劝她再回去和他们一起住，可她不愿意，她坚信红毛会回来。她要在红毛离开她的地方，等着他。四个月后，她生下了一个孩子，是个死婴，她对生活感到十分绝望，那个在她分娩期间跑来帮忙的老太婆就留在了小屋，陪着她。如果说时间让她的痛苦变淡了，那只是因为它被一种固定的忧郁症取代了。尽管这些土著的感情非常强烈，却总是来去匆匆，人们肯定没想到他们中间会有一个如此长情的女人。她从来都坚信，红毛迟早会回来的。她在等着他，每当有人经过那座用椰子树干做成的独木小桥时，她都要瞧一瞧。

说不定就是他来了。”

尼尔森停住了，轻轻叹了一口气。

“她最后怎么样啦?”船长问道。

尼尔森苦涩地笑了一下。

“啊，三年后，她又认识了一个白人。”

船长笑了，笑得粗鲁而讥诮。“她们大多如此。”他说。

尼尔森狠狠地看他了一眼。他搞不懂为什么他会如此讨厌这个肥得像猪一样的蠢货。但是，他的思绪又飘远了，他发觉他脑子里全是过去的事。他又回到了二十五年前。那时候，他初次登上这个小岛，他已经厌烦了那种在阿皮亚的花天酒地、吆五喝六的生活了，他生病了，不再幻想自己能在事业上飞黄腾达。他坚决抛弃了成名成家的一切希望，就想着让自己过几个月身心舒畅的生活。一个混血商人在几英里外的海边村子旁开了一家铺子，他就寄居在那儿。

有一天，他沿着椰子树丛中的草径漫步，忽然发现了萨丽住的那间小屋。这个美丽的地方让他高兴得流下了眼泪，然后，他又看到了萨丽。他此生还没见过像她这么可爱的美人，她那双美丽动人的深色眼睛里的悲伤，深深打动了他。南海土著是出了名的容貌俊俏的种族，在他们中间，美人并不少见，但大多只有像动物一样的身躯美，美得太空虚。而这双神秘的深黑色眼睛，却让他看到一个正在无尽的痛苦中探索的心灵。后来，那个商人给他讲了这个故事，他听了十分感动。

“你觉得他还会回来吗?”尼尔森问道。

“当然不会。唔，要过几年之后，他才能从那艘船上结算工资，那时候，他早就忘掉她了。我敢肯定，他醒来，发觉自己被拐，肯定十分生气，想要和人打上一架。不过，他还是得苦笑着忍受下去，我想，要不了一个月，他就会觉得，他能够离开那个海岛，是一件值得庆幸的事情。”

尼尔森一直忘不了这个故事。也许因为他生病，身体孱弱，就渴望拥有红毛那样健美的身体。他自己长得并不漂亮，就特别喜欢欣赏别人的美。他从来没有爱过别人，更没有被别人爱过。那两个年轻人的相互吸引，让他觉得特别喜悦。这种爱情的美是绝对的，但又无法言说。他又跑到河边那间小屋去。他语言天赋极高，惯于埋头苦干，又有心向学，能够花很多时间来学本地话。他改不了自己爱搜集资料的老习惯，甚至准备写一篇论萨摩亚语言的文章。和萨丽同住的那个老太婆请他进到小屋里，请他喝卡瓦酒、抽烟。她很高兴可以和人聊天。老太婆说话的时候，他就看着萨丽。她让他想起了那不勒斯博物馆里的普赛克，他们的五官线条都很清晰，尽管她已生过孩子，容颜却仍像是处女。

见过两三次后，她才对他说话，而她说话的目的，就是问他有没有在阿皮亚碰上一个叫红毛的人。红毛离开已经有两年了，但很明显，她一直没忘记他。

不久，尼森就发觉自己爱上了她。他努力克制着，才没让自己天天跑到小河那边，只是就算他看不到萨丽的时候，也一直想着她。刚开始，他认为自己快死了，只求能看看她，偶尔听听她的声音，他从这种爱中感觉到一种美妙的幸福感。这种爱十分纯洁，这让他欣喜万分。他不求她做什么，只求她给他一点机会，让他围绕着这个可爱人儿编织一个有着种种美妙遐想的网。可是，野外的空气，稳定的气温，充分的休息，简单的饭食，开始奇迹般地影响他的身体。在夜间，他的体温已不再高得吓人，他咳嗽得少了，体重也开始上升；六个月过去了，他一次血都没咯过；突然之间，他似乎看到了生的希望。在仔细研究了自己的病状后，他开始产生了希望，觉得只要特别注意，病情就不会恶化。这让他兴奋极了，他再次开始期望未来了。他制定了一些计划。当然，他已经没办法再过任何积极有为的生活，但是，他可以住在这个岛上，他那点微薄的收入，在别的地方虽然不够用，但足以支撑他在这里的生活。他可以种椰子树，避免无所事事；他可以请人运来他的书籍和钢琴，但他清醒地知道，这一切都是围绕着那个使他着了迷的愿望而计划的。

他渴望萨丽。他不仅爱她的美，还爱她那颗朦胧的心灵，它就藏在那双幽怨的眼睛后面。他要用自己的激情使她陶醉。最终，他会使她忘掉过去。这时他美滋滋地幻想，幻想他自己也能让她幸福，这种幸福，他本来以为与他无缘，如今却奇迹般地出现了。

他邀请她一起住，但她拒绝了。他早就料到这个结果，因此也不失望，反而很有把握地认为，她迟早会答应的，她一定无法抗拒他的爱。他告诉了那个老太婆自己的愿望，结果他吃惊地发现，老太婆和邻居们早就发觉了他们两人的异样，都努力想劝服萨丽。因为所有的土著都喜欢为白人管家，况且按这个岛的标准看，尼尔森还算富裕，他寄住的那个商人也劝萨丽别犯傻，机不可失，时间过去了这么久，她一心想着的红毛不会再回来了。

总之，萨丽越抗拒，尼尔森反而越渴望，这种爱本来很纯洁，如今却变得痛苦难耐了。他已经下定决心，谁也拦不住他。他让萨丽的生活失去了平静。最后，由于他的不屈不挠，一会儿哀求，一会儿威逼，她周围每个人又都加入了劝她的阵营中，弄得她疲惫不堪，只得答应了他。但是，第二天，等他满心欢喜地跑去看她时，却发现她在前一天晚上，已经一把火烧光了那间她同红毛一起住过的小屋。那个老太婆当着他的面，对萨丽破口大骂，可是，他没搭理她，这无所谓，他们可以在小屋的原址上再盖一座平房。如果他要搬来他的钢琴和一大批书，一座欧式房屋反而更合适。

那间小木屋建成已经有很多年了，他一直住在这里，萨丽也做了他的妻子。不过，在度过了开头几个狂喜的星期之后（在这几个星期中，他感到心满意足，因为他得到了渴望从她那儿获得的东西），他就觉得索然无味了。她是被折腾烦了才答应他的，她给予的也只是她不在乎的东西。他无法触摸到那颗他曾经隐约窥见的心灵了。他清楚她根本不爱他。她还爱着红毛，还在等着红毛回来。尽管有他给予她爱情、温存、同情和大度，但尼尔森清楚，只要红毛一招手，她就会果断地抛弃他，她根本不在乎他的痛苦。他的身心痛苦极了，他猛烈地攻击她，为她那阴郁地抗拒他的冷若冰霜的态度。他的爱很苦涩。他对她特别好，想借此软化她的心，可那颗心还是那么硬，从未改变过。他假装不在意，她也从不理会。有时候，他生气地斥责她，她就偷偷地抹眼泪。有时候，他觉得他被她骗了，那心灵其实是他自己的臆想，所以，他才无法走进她心灵的圣殿，因为那儿根本不存在什么圣殿，他的爱变成了一座牢笼，他想逃开，可他却连打开门——只需要做这一件事——走到户外去的这点力气也没有。这真是一种可怕的折磨，他终于死心了，感情也变得麻木了。最后，爱火燃烧殆尽了。之后，当他再看到她瞧着那座独木桥时，他已经不再生气，反而觉得厌烦了。他们住在一起这么多年，不过是出于习惯和方便，如今他回想起自己当初的激情，也不过是付之一笑。和岛上的妇女一样，她也老得很快，如今已成了个老太婆，不过，虽然他不再爱她，却愿意宽容她，而她也不管他怎么做。他要寻求安慰，只能找他那架钢琴和众多的书本。

回忆一经打开便一发不可收拾，这激起了他说话的兴趣。

“当我现在回想过往，想到红毛和萨丽那种转瞬即逝的热烈爱情时，我不由觉得，他们或许该感谢命运的无情，在他们的爱情处于顶点时被拆散。他们吃了苦头，可是，他们吃的苦头也是美的，防止了他们的爱情变成一场真正的悲剧。”

“我好像不太明白你的话。”船长说。

“生离死别，并不是爱情的悲剧。你知道得过多久，两个人中的一个才会觉得爱消失了？啊，看到一个你曾真心实意爱过的女人，一个曾让你觉得一看不到她就受不了的女人，可如今你却发现，就算你这辈子都看不到她，也无所谓，这才是真正的痛苦，这才是爱情的悲剧。”

突然，就在尼尔森说话的时候，发生了一件怪异的事。虽然他说话的对象一直是这位船长，却并不是说给他听，而是在自说自话，虽然看着他面前这个人，却是视若无睹。可是，他的面前却有一个形象，不是他眼前的这个人，而是另一个人的形象。这感觉就像他在照一面使人显得格外矮胖或者细长得荒谬绝伦的哈哈镜，因为他在这个肥胖的丑老头身上依稀看到一个年轻小伙子的影子。这时，他仔细打量着这个老头。为什么他随随便便就能走到这里来？想到这里，他的心脏猛然一缩，呼吸变得异常困难。他脑子里闪过一个荒谬的念头，尽管这不可思议，但它可能就是事实。

“你叫什么名字？”他突然问道。

那个船长笑了，皱成一团的脸看起来很狡黠，满怀恶意，又粗鄙不堪。

“好长时间没听到人这么叫我了，我自己都快忘记了。不过，三十年来在这一带的岛上，大家都管我叫红毛。”

他低声笑了起来，庞大的身躯颤动着，这真是卑鄙。尼尔森哆嗦了一下。红毛却觉得这很有趣，他充血的眼睛溢出了泪水，顺着双颊往下流。

尼尔森倒抽了一口冷气，因为就在这时，进来了一个妇女。她是个土著，外表有些威严，身材粗壮但不痴肥，肤色很深，土著总是年纪越大肤色越深，头发灰白得厉害。一件黑色的宽大长衫套在她身上，薄薄的衣料凸显出一对大大的胸脯。紧要关头来到了。

她问了尼尔森几句有关家务的话，尼尔森回答了。尼尔森感觉自己的声音有些不自然，但不知道她听没听出来。她冷淡地瞥了一眼那个坐在窗边椅子里的男人，然后径直出去了。紧要关头又去了。

尼尔森激动得说不出话来，好一会儿才说：“如果你愿意留下来，陪我一起吃个便饭，我将十分高兴。”

“哦，我想还是不啦，”红毛说，“我得去找这个叫做格雷的家伙，把东西交给他，我就要走了。我想明天就回阿皮亚。”

“我找个孩子给你带路吧。”

“那可太感谢啦。”

红毛有点吃力地从坐椅中站起来，尼尔森种植园找了个干活的孩子，告诉他船长要去的地方，那孩子便沿着小桥走去，红毛跟着他，准备过桥。

“可别掉下去。”

“绝对不会掉下去的。”

尼尔森看着他过桥，直到他消失在椰子树丛后，很久很久。接着，他猛地一屁股坐在椅子上。这就是那个让他痛苦的人吗？这就是那个萨丽爱了这么些年、不顾一切地等待着的人吗？这真是可笑。他突然觉得胸中有一股闷气，他本能地想跳起来，把周围的一切东西都砸个稀巴烂。他觉得自己被骗了。他们终于看见了彼此，却一点也没认出来。他开始笑了，笑声中满是悲哀，他笑得越来越厉害，后来甚至变成了狂笑。老天对他开了一个残酷的玩笑。可现在他已经老啦。

后来，萨丽进来了，叫他吃饭了。他坐在她面前，准备吃饭。他心想，如果他现在告诉她，她用青春的全部热情去思念着的那个人，就是刚才坐在椅子里的胖老头，他不知道她会是什么反应。多年以前，在他怨恨她让自己那么痛苦的时候，他肯定很乐意告诉她。他那时真想去伤害她的感情，就像她伤害他的感情那样，因为他的怨恨完全是因为爱。可现在，他已经完全不在乎了。他淡漠地耸了耸肩。

“刚才那个人为什么来这儿?”她问。

他没有马上回话。她已经是个又胖又老的土著妇人了。他想不通自己过去为什么会那么狂热地爱着她。他曾经对她献出他心灵的一切宝物，她却无动于衷。浪费，太浪费了！可现在，当他瞧着她望着那座桥时，心里有的只有蔑视。他终于用光了所有耐性。他回答了她刚才那句问话。

“他从阿皮亚来，是一艘纵帆船船长。”

“啊。”

“他给我捎话，说我大哥病得很严重，我必须得马上回去。”

“你要去很久吗?”

他耸了耸肩。